ウーマンズ・アイランド

林 真理子

マガジンハウス

目次

ウーマンズ・アイランド

第一話
広告代理店勤務・石川絵里子の場合。

この街を初めて見た時、とても不思議な気持ちになったのを憶えている。

ミュージカルの、初日が開いてすぐ見に来た時のことだ。街は工事の真っ最中だった。まともに出来上がっているのは、劇場のあるビルだけだ。煌々《こうこう》とライトがつき、夜の中の凝縮された真昼に驚いた。シャベルカーやクレーンが、土を掘ったり埋め返していたのを昨日のように思い出す。

埋め立て地に造られた巨大な都市。永遠に完成しそうもないと思っていたのに、その街はついに出来上がった。トラックやヘルメット姿の男たちが少しずつ減り、テレビ局が引越してきた頃には、ついに仕上げの段階に入っていったようだ。

そして私は今、この街に通っている。うちの本社がここに移転する噂を聞いた時、あんなヘンピなところへ……と不満を漏らした者は多かったけれども、アクセスは思ったよりも悪くない。ＪＲの駅から歩いて行けるし、地下鉄の駅も出来た。

うちの社員だけで、数千人いる。それにテレビ局、化粧品、印刷、電機といった大企業の本社が、みんなこの街に引越してきたのだ。朝、ＪＲの駅からの人の流れを、なんと表現したらいいんだろう。歩道橋の風景が近未来そのものだけに、ちょっと不気味に見える。何千人というサラリーマンが行進しているのだ。もっとも人に言わせると、うちの会社の男たちは、スーツを着ていてもすぐに他の企業の男たちと見分けがつくんだそうだ。

「広告代理店の男のスーツ」

とファッションメーカーに勤める友人は指摘した。

「一見きちんとしているようで、どこかやくざなところがあるスーツなのよね」

私もそう思う。七年前、就職活動で走り回っていた頃、いろいろな噂を聞いた。広告代理店の男は遊んでいる。給料もいいし、場慣れしているから女にモテる。合コンでもいちばん人気だ。それをいいことに、好き勝手放題している男のなんと多いこと。独身だったら、二股三股はあたり前だし、既婚者もたいてい浮気している……。

そして入社してわかった。噂はかなりの部分本当だった。俗であることがマイナスにならない。いや、そのことを商売にしている職種は、セクハラと呼んでもいいような行為が時たまあるようだ。女性社員の体に触れたり、卑猥《ひわい》なことを言ったり、などというひどいことはさすがにないけれど、この会社の男たちの女性への価値観は幼稚で無邪気だ。

隣りの部署の部長は、派遣会社に電話をかける時、部屋中に聞こえるような声でこう言うという。

「今度もさ、可愛くって胸が大きいコにしてね。それから、ちょっと触ってもセクハラ、だなんて騒ぎ立てないコをね」

違う部の先輩は三十六歳で、客室乗務員の美人の奥さんと、五歳になる娘がいる。二人の顔をケイタイの待ち受け画面に入れ、しょっちゅう見せびらかすくせに、彼は浮気が絶えない。会社に来ている派遣さんやアルバイトと、しょっちゅういろんなことがあるようだ。

「だけどさ、あのコたちって必ず僕を結婚披露宴に呼ぶんだよね。ウソーっていうぐらいの確率で招待してくれるんだよなあ。あれってどういう心境なんだろ」

そんなこと、とっくにわかっているはずだ。単に自分を捨てた男に自慢したいだけなのだ。バブルの頃はもっとすごくて、それこそ手がつけられない連中がかなりいたという。

そして困ったことに、私はこうした会社の空気が決して嫌いではない。そりゃ、そうだろう。きちんとした真面目一方の会社が好きだったら、とっくに銀行かメーカーに就職している。

そうそう、私の今の彼は、お堅い銀行マンだ。いずれ外資に移りたいらしいが、キャリアを積むために財閥系の某銀行に勤めている。彼とは学生時代、合コンで知り合った。偏差値があまりにも高い学校には、ロクなものがいないというのは私たちの定説だ。他のことには目をつぶるエリート狙いの女は多いけれど、私はあんなアホな女じゃない。外見が私好みでなければ、どんな誘いでものらないことにしている。

けれども彼は、私の大好き系統の顔をしていた。背が低いのが残念だったが、そのくらいは我慢出来るぐらいの愛情は持っているつもり。

それにしても、学生時代に彼をつくっていて、本当によかったと思う。広告代理店に勤める女がこんなにモテないなんて、誰も教えてくれなかった。

私たちはよく合コンに誘われるけれども、ふつうの企業の男たちとすると、ほとんどの場合、おかしな嫉妬をされるのだ。彼らは卒業時、うちの会社を受けて落ちている。

「就職の記念受験っていうやつだよ。やっぱりおたくには憧れちゃうもんね」

「給料、すごくいいんでしょう」

「僕の時、倍率がすごかったけど、やっぱりコネがあって入ったわけ?」

合コンの時、こういう質問をされる身になってほしい。こう言ってはナンだけれども、地味なサラリーマンのやっかみと羨望とを一身にかっているという感じなのだ。

そして反対に、医師や官僚たちとすると、返ってくるのはたいていこんな言葉だ。

「君たちの会社って、すごく派手なんでしょう」

「芸能人と知り合ったり、お酒飲んだりすることあるの」

最初から遠まきにされている。私はこの頃つくづく思い知らされるのだけれども、広告代理店の女は、もうそれだけで強烈なカラーに彩色されているようだ。

私は入社してから、ずっと営業に配属されてきた。営業といってもいろんな形がある。花形企業をクライアントに持ち、男性そこのけにバリバリ活躍する女もいる。同期の優子などそのひとりかもしれない。留学経験があり、英語はもちろん独学で身につけたフランス語も駆使して、海外出張に飛び回っている。

私はいわば後方支援だ。プレゼンテーションの資料を集めたり、CMのキャスティングをする。クライアントも、地方自治や財団といった、広告とは縁のなさそうなところが多い。別のところを希望すればかなえられないこともなかったけれども、私は今の部署で充分満足している。

優子を見ていると、そこまでしなくてもいいのにといつも思う。徹夜が続いた時、生理が止まってしまったこともあるそうだ。忙しくて会えないので、恋人が出来てもすぐに破局がくる。仕事の面白さとひきかえに、大切なものを会社に差し出すなんてまっぴらだった。私は近いうちにちゃんと結婚をし、子どももつくるつもりだ。今年中に式を挙げない限り、結婚は三十歳を過ぎるだろうけれども、それも構わない。私のまわりで二十代の花嫁というのもたまにいるけれども、どこか中途半端という気がする。三十代前半の、いろいろ見極めてはいるけれどまだ充分に美しい花嫁が、いちばんカッコいいと言ったら、うちの母などは、

「そういう考え方をすること自体、マスコミ業界に毒されているのよ」

と嘆くことだろう。

昼休み、隣りのビルの最上階まで食事に出かける。ここの上の階においしいイタリアンやフレンチがあり、そこでランチをとることが多い。大きな社員食堂もあるけど、散歩がわりにみんなたいてい外に出かける。ファッションは自由な会社なので、パンツが多い。白いパンツに淡いトップスを持ってきて、小さなアクセサリーをつけるのが、最近の私のお気に入りだ。白金のセレクトショップで買った、ベージュのアンサンブルに、ＩＤカードを首から下げて歩く私に、いきかう観光客がすれ違いざまにささやく。六本木ヒルズほどではないけれども、ここも観光客が結構いる。そういう人たちに、どう見えるか、私たちはちゃんと知っている。

「綺麗な人だね……」

「そのビルの広告代理店のＯＬだよ。あそこは給料がいいから……」

わけ知り顔の声がおかしくて、私と同僚たちはちょっと微笑み合う。

幸せ、という言葉は気恥ずかしくて使いたくないけれども、私は自分の毎日にとても満足している。そしていま、大きな秘密が私の日常をさらに盛り上げてくれているのだ。

広告代理店に勤めていると、芸能人と知り合うチャンスが多いだろうと言われるけれど、そんなことは全くといっていいほどない。男の人の場合は、CMに出演した女優さんとつき合うこともたくさんあり、現にうちの会社には結婚している人が何人もいる。彼らを別に特別視はしないけれども、社内ですれ違ったりすると、服装や表情をさりげなくチェックするかもしれない。

私もCMやスチール撮りの際に立ち会うことがあるけれども、女性の場合はかえって警戒されてしまう。男性の芸能人たちは、ちょっとした冗談を口にする以外は、それほど私たちに話しかけてこない。

「仕事で知り合う、頭のよさそうな女」

というのは、彼らの選択外なのだ。出版社に入った大学の同級生も同じことを言っていた。男性の芸能人が女性の編集者とつき合うことはまずない。自分たちはとにかく彼らから敬遠されてしまうのだと。

深沢裕人と知り合ったのはスタイリストの誕生日パーティーだ。スタイリストといっても、五十半ばの彼女は草分け的存在の実力派として知られ、有名人の友人、知人が多い。自らテレビに出ることもある。

先輩につれていかれたパーティーだったけれども、私は早くも後悔していた。東麻布のイタリアンで開かれたそのパーティーはとにかく派手で、テレビや雑誌で顔を知っている人がそこいらにいた。ファッションセンスと過激な言動で売っている、若い女性タレントが、男の人に囲まれてシャンパンを飲んでいる。真冬なのにスリップドレスを着、

「ギャハハハ」

と豪快に笑うたびに白い喉がのけぞるのが、とてもエロティックだなと眺めていたのを憶えている。

私もシャンパングラスを手渡された。

「とてつもない会費払ってんだから、たっぷり飲まなきゃ損だよ」

先輩がささやく。

バブルの頃だったらさ、こんなのも当然経費で落とせたのにさ、うちの会社の最近のシブさといったら。あーあ、あの頃はよかったよ、タクシー伝票なんか使いたい放題。毎晩遅くまで六本木で飲んで、みーんな埼玉や小田原の家に帰ったもんだぜ。

先輩は酔ったのだろう、私のまるっきり知らない時代の話を始めた。私たち広告代理店に勤めている者は、たいていこの「バブルの頃」の伝説を聞かされるはめになる。けれどもそう嫌いじゃない。現実離れした愉快な話だからだ。

そして私は少しずつ酔っていったのかもしれない。そうでなければ、ソファに座っている人気スターに、話しかける勇気など生まれなかったに違いない。

「深沢裕人がいますよ。ほら、あそこ」

私は先輩に言った。

「ちょっと行って、写メールくらい撮っちゃおう。今日の会費のモトとらなくっちゃ」

裕人は質の良さそうな黒いジャケットを着ていた。テレビで見る有名人というのは、たいていの場合、実際に見ると小柄でがっかりするものだけれども、裕人はそんなことはなかった。革の黒いパンツの脚は、びっくりするぐらい長く、ソファとテーブルとの間で窮屈そうに組まれていた。いかにも業界風の男とつまらなそうに話していたので、私も割って入ることが出来た。

「深沢裕人さんですね。ちょっとよろしいですか」

こういう時、私たちの口調は全くの素人の女たちとはやはり違っているらしい。おどおどしたところがないのだ。有名人というのは、おどおどと話しかけてくる、ミーハーのファンをうるさがる。すばやくはらいのけようとする。私たち〝ギョーカイ人〟は、

「いずれ知り合うことになるのですよ」

という自信と押しつけがましさがあるらしく、それゆえに邪険にされないことが多い。

「ああ、いいよ。よかったらどうぞ」

裕人は自分の隣りの席を手で示した。望外の厚意といっていい。私は名刺を差し出した。仕方ないので業界風の男にも渡した。

「このあいだの月9のドラマ、すごくよかったです。最終回は三十四パーセントまでいったんですよね」

「そんなことよりさ……」

「アンアン」の「好きな男」アンケート上位常連の彼は、唇の片方を少し上げるあの独得の笑いを浮かべて、私を見つめた。

「そんなことより君のことを話してよ」

それから信じられないことが続いた。ケイタイ番号を交し合うことなく別れたのに、二日後、裕人から会社に電話がかかってきたのだ。

「……君の勤めている街に来ている。一緒に食事をしないか」

私は自分の身の上に起こったことが信じられず、最初は友達を連れていった。そしてその晩のうちに、さっそく私のメールが鳴った。

「今度はふたりっきりで会いたいです」

すべての女の子が、中学生になった頃に夢みることがある。あのテレビに出てくるアイドルは、いつか自分のことを愛してくれるはずだ。彼は今、同じようにテレビに出ている歌手やアイドルとつき合っているけれどもやがて飽きる。ふつうの女の子の、ふつうのやさしさや誠意に目ざめる時が必ずやってくるはずだ。そしてその時、選ばれるのは自分なのだ……。

そしてこのおとぎ話がかなうことはまずない。絶対に、といっていいぐらいない。けれども私の場合は起こったのだ。ある日突然、急激な早さで、おとぎ話は向こうから近づいてきた。

裕人とつき合うようになってから、私は質問した。やはり不思議だったからだ。彼は言う。

「オレみたいな仕事をしている者が、君のような女性にどれだけ憧れているか、わかってもらえないと思うよ。オレたちはなかなかふつうの女の人とはつき合えないんだ」

私は裕人の恋人とされた、例のカリスマ歌手のことを口にした。もうその話はしないでくれよと彼は言ったものだ。あんまりいい思い出がないんだ。結局彼女と僕はすごくよく似ていたってことさ。仕事が大好きな男がふたりいたっていうこと。

裕人と初めて寝た時、私は三人の女友だちに打ち明け、彼女たちに驚きと羨望の奇声をあげさせた。半年間はそれでよかった。けれども裕人が「本気だ」という言葉を連発し、将来をほのめかすようになってくると、私は彼のことをいっさい話さなくなった。恋人のことを女友だちに相談しないというのは初めての経験だ。答えがわかっているからだ。

「バッカみたい。芸能人の言葉を本気にするなんて。あなたはそこらのＯＬじゃないのよ。広告代理店に勤めてる女が、どうしてそんなに甘ちゃんになれるのよ」

私にもよくわかっている。マスコミにいる女は、芸能人の男にとっていわばグレイゾーンだろう。彼らがいくら無垢《むく》のシロウトが好きといっても、そこには不安もあるし、もの足りなさもある。芸能人に近いところにいて、芸能人ではない女、というのが彼らのいちばん望むありようなのだ。女子アナが彼らに渇望されているのがよくわかる。

私は女子アナとまではいかないけれども、裕人の自尊心を満足させているだろう。アイドルから演技派へと変身した彼は、自信もありプライドも高い。業界屈指の広告代理店に勤める私は、彼のそうした気持ちに充分応えてやることが出来るのだ。

しかしそうかといって、私は彼のことを百パーセント信じているわけではない。相手はなんといっても芸能人だ。いくらふつうの男を強調していても、金の価値観やすべてのものが違う。仕事柄、私はCMを一本撮ると、どのくらいの大金が彼らに支払われるかを知っている。私は金持ちや有名人が好きなアホ女ではないから、そういうことによるデメリットも計算出来る。

芸能人の男の誠実と、ふつうの男が口にする誠実とが、どのくらい隔たりがあるかも知っている。だから私は裕人の言葉をうまくかわす。けれどももちろんのことであるが、裕人を手放したくなかった。それは絶対に嫌だった。

たぶん私と裕人は、あと一年か二年蜜月を過ごし、そして別れることになるだろう。そのためにも、私は今の彼を大切にして、慎重につき合っている。毎週末は無理としても、二週間に一度は彼の部屋へ行き、二人でパスタをつくり、ワインの栓を抜く。裕人からケイタイが入ってもどうということはない。仕事だからと別室のドアを閉め、ゆっくりと話す。彼は私のことを何ひとつ疑っていないだろう。たぶん裕人も私のことを、「スターの自分に愛されながらも、決して舞い上がらない女」として、ますます好ましく思っているに違いない。

これは二股というのとも違う。一方は私の人生を堅実にするために必要なもの、一方は夢と華やぎを与えてくれるものだからだ。

このくらいの誇りと賢さがなくて、どうしてこの日本一の会社で働くことが出来るだろう。

今回も大股でこの街を歩く私に、すれ違う観光客がささやく。

「素敵な人。やっぱり東京だね」

東京じゃない、私の会社のある選ばれた街だからよと私はふっと微笑むのだ。

第二話
出版社勤務・麻生広美の場合。

会社に向かって歩いている時、潮のにおいを感じることがある。海は見えない。たくさんのビルで隔てられている。けれども歩いて行けない距離ではなかった。おそらくうちの会社は、日本でいちばん海に近い出版社だろう。そして人によっては、日本でいちばんおしゃれな出版社というかもしれない。

名前を聞けば誰でも知っている雑誌を、何冊も発行している。私はその中でも、会社の顔というべきファッション誌に籍を置いている。この編集者になることは、子どもの頃からの夢だった。中学生の時から愛読者だったのだ。

当時私は、栃木県に住んでいた。中途半端な田舎だ。日帰りで東京へ行けるけれども、まわりに東京的なものはほとんどない。まがいものはあるけれども、どれもカッコ悪いという街だ。

　原宿や渋谷を歩いていても、いつも気後れしていた。何か見透かされているのではないかと、不安な気分になってくるのだ。いくらおしゃれをし、流行のTシャツを着ていても、東京の子ではないと一目でわかるのではないだろうか……という思いにとらわれた。今でもこれは尾を引いているかもしれない。劣等感などという言葉は、強いし暗いから使いたくないのだけれども、東京生まれ、東京育ちの人にはちょっとかなわないと感じることはたまにある。特に私立の贅沢な学校をエスカレータ式で上がってきた人たちだ。小学生の時からキディランドで遊び、親と一緒に有名なレストランでごはんを食べてきた人たち。初等部だか中等部だかの同級生に芸能人や有名人の子どもが必ずいて、さりげなくそういうことを口にする人が同僚にも何人かいる。私たちのキャップの恭子さんは、幼稚園からお嬢さん私立なのだけれども、毎朝彼女のファッションを見るたびに「すごい」と思う。頑張っていないのに、ちゃんと流行をつかんでいておしゃれなのだ。コーディネートや、アクセの使い方が何とも素敵で、同時に働く女の服装になっている。たとえば今日のいでたちは、コム デのデニムスカートに白いブラウスだったけれども、ちょっとビンテージっぽい雰囲気にしている。

思わず尋ねたところ、ブラウスは何年か前のドルチェ＆ガッバーナのものだけれども、衿が可愛いからパールと合わせてみたのだそうだ。

恭子さんが言うには、彼女が入社した十数年前には、伝説の女性編集者が何人もいた。うちの雑誌の創刊に加わり、それこそ日本のファッションエディター史に名が残るような人たちだ。恭子さんはじめ、入社したての女子社員は、みんな彼女たちのチェックを受けたという。毎朝、じろりと見るなり、

「そのスカート、ヘン」

「上下合ってないわ。うち帰って着替えしてきたら」

などときついことを言われたそうだ。中には、

「うちの名刺持ってる人が、そんなヘンな格好で行ったら営業妨害になるわ」

と叱られ、泣き出した人もいたらしい。

もうそういう人たちも会社にいないけれども、社員の、男の人も含めての、おしゃれに対する意気込みはハンパではない。もともとファッションが好きでこの世界に入ってきた人ばかりだ。洋服や身のまわりにかけるお金というのは相当のものだろう。恭子さんにしても、三十代だというのに幾つものバーキンを持っている。取材へ行

く展示会でも、気に入ったものを何着も買い込む。編集者は三割ぐらい負けてくれるといっても、毎回すごい金額だろう。東京の自宅から通っている恭子さんは、お給料のほとんどをお洋服代に遣っているという話だ。

ひとり暮らしの私は、とても恭子さんのようにはいかないけれども、それでもお洋服はものすごく買う。そもそも子どもの頃から、お洋服のことばかり考えてきた。小学生の頃から、雑誌に出ていたお洋服を切り抜いては母にねだった。どうしても同じものが欲しいと、問い合わせて東京へ行ったことがある。うちの父は開業医だったから、こんな我儘《わがまま》も許してもらえたのだ。中学校の時はスタイル画を何枚も描き、それを綴じて一冊の雑誌をつくった。中に、好きだったタレントの架空インタビュー記事や、自分なりの美容法を書いたりしたのだから笑ってしまう。そして表紙に無週必ず読んでいた雑誌の名を記した。それが今、私がつくっている雑誌だ。

八千人がエントリーしていた就職試験の最終面接の時、私は自分がつくった雑誌を持参した。十四歳の時からいかにこの会社に憧れていたか、アピールしようとしたのだ。

けれどもなぜかタイミングがつかめなかった。そんなものを見せたら笑われてしまうのではないかという不安が、次第に強くなっていったからだ。

いま専務になっている中年男性が、いかにも気のない風に私に尋ねた。

「君はどうして、面接にスーツを着てこないの」

ブルーのブラウスと同色のプリーツスカートを着た私は答えた。

「私、スーツって嫌いなんです」

「ふうーん、そう」

彼は本当につまらなそうに頷《うなず》いたのだけれども、その時に私の入社は決まったのだ。


女の編集者というと、カッコいいキャリアウーマンの代名詞のように思われている。そんなことはない、というのも事実だし、そのとおり、というのも事実だ。どの編集部にいるかでまるで違う。

最初に私が配属されたところは情報誌だった。しょっちゅう「ラーメン特集」や「吉祥寺特集」をしているあの雑誌だ。カメラマンと二人、それこそ東京中のラーメン屋やレストランをまわった。レストランといっても若者相手の雑誌だから、決して高級なところへは行かない。せいぜいディナーの予算が五千円といった店ばかりだ。

代表的一品を出してもらい、それを撮影し、試食するという繰り返しだ。

私の友人たちの中にも誤解している連中が何人もいて、

「ああいう食べ歩きの記事って、タダで食べられるんでしょう」

などと平気で言うが、ちゃんとしたマスコミならそんなことは決してない。ラーメン一杯でもちゃんと払い、領収書をもらう。ある時、新しいお店を取材した時、いきなり封筒を手渡された。なんだろうと開けたところ、中に一万円札が入っていた。広告料のつもりでくれたらしい。もちろんすぐに突き返したけれども、こういうものをくれるということは、要求する人もいるに違いない。

それにしても、情報誌にいた二年間はかなり大変だった。私は四キロも太り、顔には吹き出ものも出来た。人によっては情報誌の編集が大好き、という人もいるが、私には合っていなかったのだろう。

だからファッション誌に異動になった時は、本当に嬉しかった。同じ編集部でも、華やかな雰囲気が漂っている。私の机の上は「ラーメンガイド」や「B級グルメ入門」などといった本の代わりに、撮影の洋服や小物、化粧品が積まれていた。編集者たちのおしゃれも磨きがかかっていた。いま女性の編集長のもと、三十人の編集者が働いている。それに外部のライターさんやスタイリスト、カメラマンが加わる。三十人は六つの班に分かれ、一班五人でその号の雑誌を一冊仕上げる、というシステムだ。「ワンランク上のインテリア」という号を入稿し、ホッとする間もなく、今度は「もっと愛される女になろう」という号の企画を立てなくてはならない。企画会議は班の中で行なわれる。一人十本ずつの企画を持ち込むから、五十本の中で決められる。私たちがいちばん緊張し、張り切る時だ。

「ホストクラブのスターたちに聞く、愛される女はここが違う」

「スターの歴史に見る、愛される女」

「チャート式、あなたは愛されていますか」

といった案をプリントして、皆に配っていく。そして企画が通ると、仕事のわり振りがあり、作業が進められていく。早めにスタジオを押さえ、キャスティングをし、インタビューを申し込んでいくのも私たちの大切な仕事だ。

私がいちばん好きなのは、この撮影の時。副編集長もチーフも来ない時は、すべて私の判断にまかせられる。スタジオで、私が最終的にOKを下した服を、私がキャスティングしたモデルが着ている。カシャ、カシャという、シャッターの小気味いい音。

「これでどうかな」

カメラマンが真っ先にポラを渡してくれるのはこの私だ。

「このスカート、フレアが面白いから、真横も押さえといて」

私は指示を下す。そしてポラを再び見る。私の望むとおりのものがそこに写っている。この満足感をなんて言えばいいんだろう。大げさな言い方をすれば、生きていて幸せ、と本当に思う。

こんなに楽しくて、面白い仕事を持てる私はなんて幸せなんだろう。私は口にしたことはないけれども、ふつうのOL、パソコンを打っていたり、伝票を一日書いている女たちはどうやって生きているんだろうと考えることがある。うちもそうだけれど、女性向けの雑誌を開くと、たいていはOLの怨みと嘆きでいっぱいだ。

「仕事が面白くない」

「まるっきり働き甲斐がない毎日です」

「退屈な日々。いっそ結婚でもしようかしら」

それにひきかえ、私の毎日というのは、刺激に充ちていた。そして、これまた傲慢に聞こえるだろうから口にしたことはないけれど、私はひとりつぶやく。

「だって仕方ないじゃないの。私、うーんと努力したんだもの。そして私は選ばれたんだもの」

ちゃんとした出版社の編集者になるというのは女子アナぐらいの確率だ。この難関をとおったのだから、今の幸福は当然だろう。仕事によってこんなに幸せになれる女というのは、日本でも何人もいないに違いない。子どもの時、みんな憧れの職業を持っている。が、それを手に入れた時、幻滅することが多い。編集者というのは、裏切られることのない、数少ない職業だろう。だって本当に楽しいんだもの。そしてこの楽しさに引きずられて、多くの女性編集者が失敗する。結婚の機を逃してしまうのだ。うちの編集部にも、四十代の女性は七人いるけれども結婚しているのはたったひとりだ。毎日お祭りのような日々が一段落し、ふと気づくと孤独な中年女になってしまうということになる。私はそんなひとりには絶対なりたくないと思っていた。だから啓介とのことは、しっかりとやってきたつもり。お互いの両親とはもう会っているし、今年の春には彼から指輪をもらった。カルチエの小さいやつだが、ちゃんとしたエンゲージリングということになっている。たぶん、来年三十歳になったら、どこかのレストランでウエディングパーティーを開くだろう。うちの母は、

「どうせなら二十代のうちに式を挙げておけばいいのに」
と口惜しがるけれど、私は全然こだわっていない。三十歳ちょうどの花嫁というのが、私にはぴったりという気がする。

啓介とは慶応の広告研究会で知り合った。栃木の進学校で、私はかなり勉強したと思う。一流の出版社に入るには、早慶、上智を出ていなくてはならないと聞いたからだ。早稲田は野暮ったい気がして全く行く気がなかったから、慶応に狙いを定めた。一般入試だとかなりギリギリだったが、うちの高校にくる推薦を何とかもらった。たった一人の推薦枠だったから、いろんなことを言われた。うちの父が医者で、地元の有力者だったから便宜を図ってもらったのだという噂もあったのだが、これはやっかみというものだろう。とにかく私は、毎週末行っていた東京に住む、慶応の女子大生になったのだ。

マスコミ就職に有利という広告研究会に入部したのであるが、これは間違いだったとすぐ教えられた。
「学生のくせに、広告なんかに首を突っ込むなんて……」

と嫌がる企業は思いの外多いのだという。しかしこのことを知った時、私はクラブ活動にのめり込んでいたし、啓介とも恋人になっていた。資金をつくるために夏は「海の家」をやったり、イベントを企画したりと、学生特有のお祭り騒ぎはいつも続いた。そして就職のエントリー紙に、広告研究会のことはオクビにも出さず、みんなそれぞれに入社を決めたのだ。

いま大手の広告代理店に勤めている絵里子は、みんなのマドンナ的な存在だった。美人だしスタイルもいい。先輩から「ミス慶応コンテスト」に出るようにしつこく言われたけれども、本人はきっぱりと断わっていた。もしあの時出場していたら、たぶん絵里子が優勝していただろう。そして民放のテレビ局のアナウンサーなんかになっていたかもしれない。

が、絵里子は地道ということもないけれども、広告代理店のＯＬとなって、バリバリ仕事をしているようだ。会社が近いこともあって、しょっちゅうメールが入り、よくランチをとる。彼女の会社の隣りにある超高層ビルの最上階にあるイタリアンやフレンチ。味はどうっていうこともないけれども、窓からの風景がとても綺麗だ。東京湾とレインボーブリッジがとても近くに見える。何を運んでいるのだろう、時々は白い船がゆっくりと横切っていく。

午後は映画の試写会や化粧品の発表会、などという時は、私はビールを飲む。昼からお酒を飲むのは、マスコミで働く女の特権だ。そして絵里子もつき合って飲む。酒豪で知られる絵里子だけれども、さすがに一杯でやめておく。

そんな時に私は、絵里子から深沢裕人の名を聞いたのだ。

「実は、私たち、つき合ってるの」

彼女の唇が、どう、驚いた、という風にキュッと上がった。

「深沢裕人って、あの深沢裕人？　今、月9で高校の先生演《や》ってる？」

「そうなのよ……」

いかにもせつなげに彼女はため息をついた。

「深沢裕人なら、私、何度か会ったことがあるわ。一度はうちの表紙してくれたこともあるし」

この言い方は、彼女にとってとても気に入らなかったようだ。自分の恋人が安っぽく扱われた、とでもいうように、彼女は私をキッと睨《にら》んだ。

「彼、最近は忙しいから、そんなに雑誌の取材は受けていないと思うわ」

私は絵里子の子どもっぽさに、思わず笑い出したくなった。深沢裕人といえば、今でこそ月9の主役を張っているけれど、そもそもはアイドルグループの一員であった。白い羽をつけたおかしな衣裳をつけ、ステージで跳んだり歌ったりしていたのをはっきり憶えている世代だ、私も絵里子も。二十代後半になった時、グループも解散し、このまま落ち目になっていくかと思われた時、ある高名な演出家が、ドラマで彼に大きな役を与えた。予想に反して、彼は見事にそれに応え、いつのまにか若手演技派といわれるようになった。最近は映画にも主演している。演技派になっても、ミーハー的な人気は維持していて、うちのアンケートでも常に上位に入っているタレントだ。

「どうして知り合ったの」

この質問で、彼女は堰《せき》を切ったように、さまざまなことを語り始めた。スタイリストのパーティーで初めて会ったこと。名刺を渡したところ、会社に電話がかかってくるようになったこと。芸能人に遊ばれるのはまっぴらと、とても用心していたところ、彼に真心を打ち明けられたこと。

「君のように、ふつうの女の人と恋をするのが僕の夢だったんだ」

と彼は言ったそうである。

その時、私の胸をよぎったのは、確かに嫉妬だったかもしれない。私は映画やテレビで、彼のベッドシーンを何回か見たことがある。ほっそりとしたきゃしゃな男だと思っていたのに、踊りで鍛えた彼の裸は厚みがあり、ほどよい筋肉に彩られていた。映画では裸の尻も見た。その下で組みしかれている女優と、絵里子とが重なる。彼女は、あの映画の中の男と寝たのだ。そういうことが出来るのは、女優とかタレントだけだと思っていたのに、広告代理店といってもふつうのOLの絵里子が、ちゃんと寝たのだ。あの男とセックスをし、裸でからみ合ったのだ。

今まで同じ場所で生きていると思った絵里子が、その時不意に遠去かった。そして、私があんなに誇りにし、自慢に思っていた仕事、日常、恋人が色褪せたのだ。どうしようもないくらい突然色を失ったのだ。自分がつまらぬ人生を生き、つまらぬ男と寝ているような気さえした。

私はこの気持ちを今もほんの少し引きずっている。そうでなければ裕人のことなど調べたりするものか。

うちにはテレビ専門誌があり、そこではベテランの編集者が何人かいる。以前うちにあった芸能誌の流れを汲む人たちで、彼らは芸能界に今でも強い人脈を持っている。

「あの女と別れてはいないよ」

そのうちひとりは断言した。あの女というのは、裕人の恋人と騒がれたカリスマ歌手のことだ。事務所の反対にあって別れたことになっているが、今でもちゃんと続いているというのだ。

「前に一緒に住んでいたぐらいだから、そう簡単には別れられないよ」

可哀想な絵里子とつぶやき、私はその意地悪な響きに自分でもぞっとした。

彼女は自分の物語を創っているだけなのだ。男からもらった嬉しい言葉、やさしいしぐさだけを集め、とっておきのラブストーリーを創り上げた。それは女だったら誰でもすることだろう。違っていたのは彼が芸能人だということなのだ。相手の方がずっとしたたかに、自分だけの物語をどこかで編んでいたに違いない。

私は昔つくった、自分だけの手づくりの雑誌を思い出す。どうせ絵里子は捨てられるのだろうが、他の女には一生手に入らない、豪奢《ごうしゃ》な特別製の本をつくったのだと思う。どうやら私は今も、絵里子のことを羨んでいるらしい。

第三話
レセプショニスト・星野真奈美の場合。

私は三十一歳になるけれども、もう三回も転職している。

といっても、だらしなくみじめなＯＬというわけではない。私のいるホテル業界では、転職はふつうのことだし、能力のある者はしょっちゅうハンティングの声がかかることになっている。

私が大学を出た頃、ホテルウーマンになるのはそろそろ流行になりかかっていたかもしれない。学校は私立の英文科だったから、航空会社に就職する友だちも多かったけれども、客室乗務員というのはまるっきり興味を持てなかった。出会う人間も限られるし、どこか仕事の本筋とは違うところで生きているような気がする。それに賞味期限というのがあって、大急ぎで自分を高く売りつけなければいけないようだ。

実際、〝スッチー〟などと言われて、若い頃はかなりちやほやされていた友人たちの焦りようといったらない。合コンに繰り出しても、三十過ぎているだけで引かれてしまうというのだ。

「何とかしなきゃ、本当に何とかしなきゃ。先輩みたいに、四十過ぎて〝老スッチー〟なんて言われるのはまっぴら」

などと同級生たちはよく口にする。

そこへいくと、ホテルウーマンにとって、三十代はちょうど仕事が面白くなり始めた頃だ。お客さまのクレーム処理もうまく出来るようになるし、私をめあてにして足を運んでくれる人も増えている。

私は今、レセプショニストとしてカウンターに立っている。チェックインするお客さまを受け付けたら、キャッシャーとしてパソコンを叩く。

最初はこうではなかった。私が初めて就職した銀座の老舗のホテルでは、事務職といえどもまず客室清掃から研修に入る。メイド服を着て、掃除のおばちゃんたちと、ベッドメーキングやトイレ掃除をするのだ。

あれをした後のベッドというのはすぐにわかる。シーツに大きなシミが出来ていたり、縮れた毛が散らばったりしているのだ。使ったコンドームが、無造作にくず箱の中に落ちていることもあった。

「この頃の女って、後始末をしないのかね。こんな女によく愛想をつかさないもんだね」

おばちゃんが言い、私は顔が赤くなった。有名私大の女子大生だった時、年上のボーイフレンドと何度かシティホテルを使ったことを思い出したからだ。でも私は、シーツをひっぱり上げるぐらいのことはしたし、枕についた髪は取ったつもり。けれどもそうきちんとはしていなかったかもしれない……。それにしても、ネイルをきちんとして、ヒールをはいていた女子大生の私が、就職したとたん、這いつくばってベッドの下のチェックをしたりしている。まるでシンデレラか小公女だ。女子大生という身分が失くなったとたん、悲しいめにあうのはよく聞く話だけれども、私ぐらいつらい境遇になるのも珍しいかもしれない。私は笑い出したくなったぐらいだ。

ベッドメーキングも嫌だったけれども、トイレ掃除はもっともっと嫌だった。どうしてこんなに汚なく出来るんだろうと、驚いたことはしょっちゅうだ。下痢したものがあたりにこびりついていて、一瞬たじろぐ私に、清掃係のチーフが言った。

「星野さん、ちゃんと手を突っ込んで洗って。手を使わないとね、便器はちゃんと綺麗にならないのよ」

チーフは五十四歳の女性だったけれど、彼女の若い頃はゴム手袋も使わせてもらえなかったそうだ。こびりついたものを爪ではがしたけれども、すぐに何とも思わなくなったそうだ。

「ピカピカになった便器や、きちんとメーキングしたベッドを、ひとつふたつ仕上げてくのが楽しくなってくるのよ」

けれどもそんな心境になる前に、客室清掃から、コーヒーハウスのウエイトレスに異動した。その次はベルスタッフで、そしてやっと宴会フロアの黒服となった。時々訪ねてくれていた私の友人は、

「真奈美って、行くたびに制服が変わるのね」

と笑ったものだ。そうそう、彼女が同級生の客室乗務員だ。入社してすぐは、研修所でおっかないおばさんの教官にいびられっぱなしだったらしいが、飛ぶようになってからは、

「予想以上の成果」

と、彼女は自慢したものだ。お医者さんや商社マンとの合コンは、それこそ断わりきれないぐらいある。機内で有名人に、ケイタイの番号を聞かれたことは一度や二度ではない。

あちらで買ったバーキンを持ち、金持ちそうなボーイフレンドと一緒に、彼女が私を「慰めに」職場に現われる時は、正直言ってむっとしたものだ。

どうしてこんなに差がついたのだろうと、自分の選択を恨んだこともある。けれども、今彼女と私は、どっこいどっこいのいい勝負かもしれない。

そして最初のホテルでレセプショニストを三年やっているうち、今度は外資のホテルからお呼びがかかった。ここは働き甲斐もあったし、給料もよかったのだけれども、外資独得の厳しさが、ちょっと私には合わないと思った。外資に勤める人なら誰でも感じるだろうけれども、本国の白人から見ると、日本などというのは、極東の単なるマーケットなのだ。何かといえば、すぐ本社の白人たちがやってきてあれこれ指示をする。人も動かす。

外資のホテルに勤めるホテルウーマンの中には、マネージャークラスのバリバリ働く女性たちも数多くいるが、私はそういうタイプじゃないなあと感じ始めていた頃、今のところからお声がかかったのだ。

　埋立地に巨大な街をつくり上げるプロジェクト。その中にはホテルが二つ建設される。私はそのうちの日本のホテルだ。最近都心に次々と誕生する外資のホテルに比べ、そうクオリティは高くない。このホテルがつくられた最大の理由は、新しい街に存在する企業のためだ。どの部屋にも設けられているボイスメール、高速インターネット回線、FAX回線、多機能パソコンは、出張のサラリーマンのことをよく考えている。ルームサービスはない代わりに、パソコンで注文するデリバリーサービスがある。「高級ビジネスホテル」と書いた週刊誌もあるが、このホテルは無駄な豪華さはない代わりに、清潔で快適な部屋とベッドがあった。

　私は今のこのホテルが結構気に入っている。当然のことだけれども、ホテルマンとホテルというのは相性があるのだ。六本木や新宿の、最先端の外資のホテルが好きという人もいれば、私のようにシンプルで気取りのないホテルが好きという者もいる。もっとも私のことだから、いつか別のことを考えて転職をするかもしれない。

　それにしても、ホテルのオープンに立ち会えたことは、とても幸運なことだった。長いホテルマン人生をおくっていても、ホテルの開業を経験したことのない人は多いのだ。私はフロントに立つレセプショニストとして新しく採用されたのだが、オープン前にはそんなことは言っていられなくなった。フロントのパソコンのチェックはもちろんのこと、パートの従業員たちの教育から、ロビーに飾る花の手配まで、それこそ必死になって働いた。私だけではなく、オープンの数日前は半分徹夜の日が続いた。その間に、

「こんなの無理だ。期日にオープン出来るわけがない」

と何度思ったことだろう。なぜなら前日まであちこちで工事が行なわれていたのだ。ところがその日の朝になると、ちゃんとホテルは開業した。私たちのホテル。自分たちがつくったホテルのオープンに立ち会うと、職場に対する愛着が深くなるというのは本当だった。

チェックインの時間、午後二時に初めてお客さまが私の目の前に現われた時、

「いらっしゃいませ」

という声が少し震えていた。

けれども大事なのはその後だった。電話が通じない、パソコンがうまく立ち上がらない、チェックインはしていただいたものの、お部屋の準備が出来ていない、などと

トラブルがひっきりなしに押し寄せてきたのだ。

「申し訳ございません」

と何度頭を下げただろう。男の人でお客さまからこづかれた人もいたぐらいだ。

新人の頃、先輩にこう教わった。

「苦情はひたすら聞くんだ。向こうは吐き出してしまえば、すっきりする。全部吐き出させるまで、とにかく聞いて聞いて、じっと耐えるんだ」

私は決して穏やかな人間じゃない。どちらかというと短気で我儘な方だろう。それでも仕事となると、どんな理不尽な言葉も受け止めることが出来るから不思議だった。誠心誠意応えようとしているのだ、といったら嘘になる。これが私の仕事だとしたら、きちんときり抜けてみせる、という負けん気の方が強いだろう。

そして私は毎日フロントに立つ。転職した時にちょっと地位が上がり、係長ということになった。私の下に二人の若い女性がいる。早番の時でも遅番の時でも、私たちがまずするのはグルーミングだ。髪は乱れていないか、フケはないか、口紅ははげていないかと、まず確認し合う。このストイックなまでの身だしなみは、たぶん自尊心ゆえだと思う。

客室乗務員の彼女たちもそうだろうけれども、サービスする側が、美しく完璧でいなければいけないという意識が私たちを支えている。

私の場合、セミロングをきっちり結って、グロスで後ろに撫でつけている。黒のネットとリボンでまとめているところも、スッチーと似ているのかもしれない。

そして黒い制服ですっすっとロビーを横切る時、みんなが私のことを見る。一分の隙もないホテルウーマンだという風に。自惚れでなければ、あれは憧れの視線だと思う。だから私は背筋をぴんと伸ばし、少し大股で歩く。大きな声では言わないけれど、この仕事をしていてよかったと感じる一瞬だ。

私たちがふつうのOLといちばん違うことといったら、秘密を守る義務があるということだろう。

今のこのホテルは、ビジネスマンばかりの地味なところだけれども、最初に勤めたホテルはそうではなかった。マネージャーは、新人研修の時に何度も言ったものだ。

「ここで見たり聞いたりしたことは、他でいっさい言ってはならない。ホテルマンというのは、弁護士や裁判官と一緒なのだ」

それを聞いていた同期の女の子は、

「私たちは弁護士みたいにお金貰ってないもん」

と口をとがらせたものだ。

前のホテルは銀座の一等地にあったうえに、アーケードやレストランがいっぱい入っていた。だから有名人のお忍び用によく使われたものだ。

テレビのお母さん役で人気のある女優は、私生活でも家庭円満をアピールしていた。けれども彼女には、月に一度ホテルで密会する愛人がいる。

演歌の大物歌手はＳＭの趣味があり、よくデリバリーの女性をホテルに呼ぶようだ。何をどうするのか知らないけれど、彼が泊まった後は必ずトイレが詰まる。

よくテレビに出ている女流評論家は、難クセをつけてはホテル代をねぎろうとする。ツインの料金で、スイートに泊めろとしつこく言ってきた……。

などということを、私はすべて知っていた。昔は純情だったので、本当に有名人の噂話をしてはいけないと思っていた。初めて見聞きした時は、誰かに話したいのに自制心が働き、かなりつらい思いをした。けれどもどうってことはない。ホテルマンには、

「王さまの耳はロバの耳〜」

と叫ぶ場所がちゃんとあるのだ。それはホテルのバックヤードだった。大きなホテルにはちゃんとした社員食堂がある。制服を着ているホテルマンたちは、そのままカレーや立ち喰いソバを食べるわけにいかず、たいてい社食を使うことになる。そこでの話題というのは、非常識で滑稽な客のエピソードか、昨夜泊まった〃有名人〃だ。たまに関西に住む、本当に泊まるだけの芸能人もいるけれども、ほとんどは情事のためにホテルにやってくる。マネージャーを使ってチェックインする者もいるが、百パーセント露見しているといってもいい。ロビーやエレベーターで見られているのだ。

結婚するのかどうか騒がれていた、大物カップルが泊まった時はみんなが興奮した。別々に来て、別々に帰っていったのだが、スイートに泊まったからすぐにわかる。ルームサービスに行った夜勤明けのスタッフに、みんなあれこれ質問したものだ。

今はどうかと尋ねられると困るが、時効になったものは喋ってしまうということにしよう。

ホテルは本当に面白い場所だ。泊まるだけでなくパーティーがあり、結婚式がある。最近は「お別れの会」が盛んだ。ホテルにはいろんな人のプライバシーがいちどきに集まってくる。そして私たちはそしらぬ顔をしながらそれを受け入れる。出来るだけ事務的にクールに対応する。

けれども深沢裕人がうちにチェックインした時は、それこそ大騒ぎになった。芸能人がよくするスタイルだけれども、帽子を目深に被り、Tシャツにジーンズという軽装だったらしい。けれどもそれが、サラリーマンが多いうちのロビーでとても目立ったようだ。

しかも応対したレセプショニストは、私の部下で、高校時代から彼の大ファンだったという。

「いま、深沢裕人の本物がチェックイン！　予約の時は別の名前だったから本名だったんでしょうか」

彼女の社内メールは、それこそホテル内の女性従業員の間を駆けめぐった。後はみんな探偵のようになったのだから、私たちも相当ミーハーだ。いちばん有利な立場だったのはコンシェルジュの立川さんで、彼女の位置からはエレベーターがよく見える。そして六時頃、立川さんはエレベーターに乗り込み、セミ・スイートがある二十五階まで上がっていった若い女性を見たというのだ。

「絶対に芸能人じゃなかったわ。綺麗だったけどふつうのOLよ」

という証言に私たちが騒然となったのは言うまでもない。

「ウソ――！　深沢裕人がOLとつき合うはずないじゃないの。あのカリスマ歌手はどうなったのよ」

「でも別れたって、週刊誌に書いてあったわよ」

ふつうのホテルだったら、ルームサービス係からの情報がとれるところであるが、うちはやっていない。デリバリーサービスに聞いてみようかという声もあったのだが、やはりそれはやめた。

そして裕人は泊まることなく、夜の十時にチェックアウトしたという。コンシェルジュの立川さんが言った。

「きっとこの街のOLじゃないの。彼が寸暇を惜しんで来たかったのよ」

そしてああだこうだと私たちは推測し合った。

どうか笑ったり、呆れないでほしい。制服を着た私たちも、やはりスターが来ると人並みに興奮するのだ。こういうくだらないことで、あれこれお喋りするのが好きなのだ。外部の人たちに言えないために、他人の秘密はフットボールの球のように、内部であちこちにほうられて少し変形してしまうようだ。彼がふつうのOLとつき合っているなどというのは、私にはちょっと信じられない。ああいうスターと恋愛するのは、やはりふつうの人じゃないと思う。

ホテルウーマンにとって、いちばんの喜びって何だろう。人に聞かれたら、私はまずこう答えるだろう。

「いろんな人に会えること」

別に気取って言っているわけじゃない。デスクワークしているOLは、いったい何人の人間に会うのだろう。せいぜいが自分のデスク十メートル以内に限られるはずだ。考えるだけで息がつまりそう。けれども私たちの仕事は、それこそ何十人という人と出会う。そして少しずつ私の世界が拡がっていくのがわかる。こういう充実感を手に出来る私は、幸運だと思う。

でも幸せじゃない。幸運だけれども幸せではない。

ずっと前から、三十前には子どもを二人産むのだと決めていた。私は結婚否定論者でもなければ、家庭より仕事を選ぶ人間でもない。ごくふつうに恋愛して、ごくふつうに結婚するつもりだった。けれどもこんなに不規則な仕事で、しかも夜勤があるような女に、恋人なんか出来るはずはない。恋人が出来ても、デイトの約束をすっぽかすことになるだろう。だからホテルの人間たちは、同じ職場の者と結婚することが多い。同じ場所にいる人間ならば、ホテル勤務が、どれほどハードで不合理なものかわかるからだ。

実は私も、最初の職場の先輩とつき合うようになった。お互いがホテルマンだと、いろいろなことが理解出来る。寛大な気持ちにもなれる。するとデイトなんかまるきり出来なくなった。恋愛中から、ものわかりのいい夫婦のようになってしまったのだ。このままでは、結婚まではむずかしいだろう。二人とも切実な心が、どこかへいってしまったのだ。

こんなはずじゃなかった、と思うことが、この頃多くなったようだ。私はホテルウーマンにはなりたかったけれども、ばりばりのキャリアウーマンになりたかったわけではない。仕事は面白いからきちんとこなしていただけだ。どうせやるからには、少しでもいい条件の場所にもいきたいと考えた。だけど野心的というわけでもない。ごくふつうの人生を望んでいたはずなのに、気がつくと三十を過ぎていた。いや、私はまだ三十一歳というべきなんだろう。それなのに私は三回転職している。しつこいようだけれど野心家でも何でもない。けれどもこうなってしまった。

私は幸運な人間だけれども、幸せじゃない。この頃、本当にそう思う。

第四話
テレビ局勤務・坂本涼子の場合。

目覚まし時計が鳴る、ずっと早い時刻に目が覚めた。ちょっと飲み過ぎた次の日はいつもそうだ。アルコールが残っていて、体がまだ興奮しているせいかもしれない。

リモコンでテレビをつけた。他局の情報番組をやっている。うちの局もこの時間、同じような番組をやっているが、こちらの方がずっと面白い。のっけから芸能ニュースを流しているのだ。昨日行なわれた記者会見やパーティーに出席した、女優やタレントたちのファッションチェックも楽しみだった。たまにしか見られないけれど、私はこれがとても好きなのだ。

チャンネルを変えると、健康飲料のCMが流れていた。そしていきなり、斉藤理佐子の顔が飛び込んできた。公式のものではないが、プロフィールとしてよく使う、にっこり微笑んだ写真だ。理佐子はうちの局アナであった。

いや、いきなりというのは違うかもしれない。理佐子の写真より先に、男の顔が長く画面に映っていた。目の大きな甘い顔立ちを覆いかくすように、わざと無精髭を生やしている、特徴のある顔。

ナレーションがうきうきした調子で続く。

「ドラマ『みんな大好き』が好評の、深沢裕人さんに熱愛発覚。お相手はなんと人気アナウンサーです」

へえ、やるじゃんと私はベッドから身を起こした。最近女性アナウンサーが、自らが人気アイドルのようになって、プロ野球選手やタレントとゴシップを起こす。けれども理佐子の場合はちょっと意外だ。彼女は決して人気アナウンサーではない。確かに地味なレギュラー番組をひとつ持っていたぐらいだろう。うちの局も、女子アナウンサーは、若ければ若いほど人気があり、入社二、三年めあたりのアナウンサーが、よく写真週刊誌に取り上げられている。

理佐子は私より三歳下だから、もう二十九歳になるはずだ。男性週刊誌のグラビアに載るはずもない。いささかトウの立った彼女が、どうして人気俳優と知り合ったりしたのだろうか。

　画面はたいしたものが映っていない。ナレーションを聞くために、音量をさらに高くした。

「今日発売の写真週刊誌によりますと、二人は夜一緒に食事をした後、深沢さんの車でコンビニに寄り、そのままマンションに入っていったということです。翌朝、着替えてマンションを出てくる斉藤さんの姿もばっちりキャッチされており、深沢さん、相変わらずモテモテのようです」

　相変わらずというのは、深沢と水木玲奈との恋愛のことを言っているに違いない。昨年ぐらいまで、二人のつき合いは芸能マスコミの格好の話題だった。いつも人を喰ったような対応しかしない彼女が、

「裕人のことが好きなの。だからほっといて頂戴」

　と泣き出したのは、いったいいつだったのか。いずれにしても、二人の恋はお互いの事務所の思惑があり、悲劇の道を辿ることになった。裕人の属する大手プロダクションの社長が、玲奈の事務所を大層嫌っていて、玲奈のことを、

「あんな小娘風情と」

と発言した時は、日本中がそれこそ大騒ぎになったものだが、そういうことを乗り越えて、裕人は新しい恋人を見つけたらしい。それにしても、相手が斉藤理佐子だなんてと、私はうちの局にチャンネルを変えてみた。あたり前の話であるが、この話題は全く出てこなかった。

うちでは社員が有名人と何かあった場合、きちんと婚約記者会見をするならともかく、写真週刊誌に出たぐらいでは無視する。これは他の局でも同じだろう。これなら広報部が動くこともないだろうなと、私はもう一度横になった。そしてその時不意に、理佐子の二十九歳という年齢の数字が浮かび上がったのだ。

二十九歳。私は恋をしていた。そして私はこの恋を最後の恋にしたいと必死だった。なぜならどうしても二十代のうちに結婚したかったからだ。

今思えば、どうしてあんなに年齢にこだわっていたか本当に不思議だ。が、他の友人たちの話を聞くと、やはり同じことを思っていたという。ちょうどゲームのように、すぐそこに30という数字が描かれたゲートがある。私たちはボートに乗っている選手だ。このまま急流に流されると、ひとりのままで30のゲートをくぐらなくてはならない。だから流れを読み、出来るだけゆっくりとボートを漕ぎながら、沿岸を見渡すのだ。岸には何人かの男が立っている。みんな同じようにも見えるし、かつて流れているうちに、何度もこの程度の男たちとは出会って別れたような気もする。が、ゲートはすぐそこだ。この中から何とかひとりを選び出さなくてはならない。

あのゲームを経験した人ならわかってくれると思うが、とても焦った嫌な気分になる。

「私の人生のパートナーは、本当に現われるのだろうか」

という絶望的な思いになる時もあるし、言い寄ってくれる男がいたらいたで、

「私の相手はこんなレベルなの。私の未来ってこんなものなの」

という、虚無的な気分になってくるのだ。

これはたぶん、私が生粋のキャリアじゃないせいかもしれない。マスコミの世界で生きている女だったら、三十過ぎてもどうということもないだろう。事実うちの局で、プロデューサーやディレクターといった制作畑の女性はほとんど三十代、四十代の独身だ。

ただアナウンサー室の女だけが「三十歳定年説」が存在する、奇妙な空間で生きている。けれども、理佐子もその空気に毒されてしまったということだろうか。芸能人

と本当に恋愛したり、結婚しようなどと考えたとしたら、それはとても愚かなことだ。

PR局で働く私は、制作畑の人たちほどではないが、よくあの人たちに会う。しかし、やはり別の世界の人という感じがする。溢れるほどの才能の代わりに、ふつうの人の何倍もの自己顕示欲と上昇志向がある。私はあれに耐えられそうもない。女の私よりもはるかに、自分の容姿を気にかける男と、一緒に暮らすことなんか出来るんだろうか。

お笑い系の人たちは気さくで楽しいけれども、女に対する感覚が独得だ。私のような地味なスタッフに対してさえも、平気でケイタイの番号を聞いてくる。

「今度メシでも食べようよ。いいじゃん、いいじゃん。おいしいとこ、いっぱい知ってるからさ」

この図々しさにおかしくなって、ついケイタイの番号を教えてしまう。といっても、会社から持たされるオフィシャルなケイタイの方だけれども。

そう、ケイタイをふたつ持っているというと、友だちはへーっと驚くけれども、私はこれがふつうだと思っていた。ふつうといえば、私の部署だけで十五台のモニターがあり、ずうっとテレビ番組が流れているけれども、これはふつうのことじゃないらしい。とても変わっていることのようだ。

「ふつうの会社じゃ、仕事の最中にテレビなんか見ないわ。変わってるう。でもいいなあ、仕事しながら、テレビが見られてさあ」

と友人は言うけれども、あれは全くのBGMだ。大きな事件でも起きない限り、じっくり見たりすることはない。が、すべての局の番組を、同時に流している。会社のいたるところで、テレビが音をたてている。それがテレビ局だ。

話が大きくそれてしまったけれども、このテレビ局に、私が就職するなんて考えたこともなかった。今三十二歳の私は、うちが短大卒を採用した最後の期だ。

公立の中高を出て、まあまあのお嬢さま系短大に進んだのは、他の四年制大学を落ちたのと、ちょっとした見栄のためだ。その短大は合コンでもとてもモテるし、就職もよいと聞いたからだ。けれども有名なテレビ局の指定校になっているのは知らなかった。

「えー、短大でもテレビ局を受けられるんだ」

と張りきったのはいいものの、あまりの倍率にすっかり怯《おび》えてしまった。一万人以上がエントリーしていたのだが、運のいいことに私はバブルの最後の頃にひっかかっていた。六十四人という、今から比べると信じられないほどの大量の採用の年だったのだ。

事務職で私は入って、役員秘書となった。仕事はふつうのOLと変わらないけれども、テレビ局はお給料がよい。メーカーに就職した同級生が、

「もうやってられない」

と叫んだくらいの額を貰っていた。おまけに会社は、バブルの終焉《しゅうえん》を迎えながらもまだまだ派手で、それこそ経費を湯水のように使っていた頃だ。夜遊びはタクシー券で帰るのがあたり前だったし、先輩に連れていってもらったのは、西麻布のJメンズのストリップだ。ヴェルファーレのVIPルームも知った。

毎日がお祭り騒ぎのような日々が終わり、私の手からタクシーチケットが消えた頃、30というゲートが近づいてきた。いや、四大卒の人よりも短大卒の私は、急流に乗っているのが長い分、そのゲートのことを意識していたのだ。正直言って、仕事はちょっとマンネリを感じていた。あの頃、私はすれ違う制作畑の女たちを、どんなにまぶしく眺めていただろう。徹夜明けで、乱れた髪と荒れた肌をしていても、彼女たちは颯爽《さっそう》としていて充ち足りた表情をしていた。そういう風に見えた。

もう短大卒の採用はなくなり、受付はもちろん、私のしている仕事もやがて派遣会社に頼むという噂を聞いた時、私はかなり空しい気持ちになったものだ。いっそのこと転職しようかと思ったのだが、私の年やキャリアで、今のこのお給料を貰えるところがあるはずはなかった。

そんな時、銀行に勤めていた友人が企画して合コンがあった。テレビ局勤務ということでかなり引かれたけれども、

「秘書室ですから、ふつうのOLと同じです」

という言葉にほっとした空気が流れ、ひとりの男性がかなり積極的に接近してきた。その彼と二十七から二十九歳までつき合ったことになる。彼と自由に会えるようにとり暮らしをはじめ、週末はほとんど一緒にいた。それなのに彼は、具体的なことを言ってくれなかった。二十代後半につき合った男性が、なかなかプロポーズをしてくれない。これを待っているつらさやせつなさは、経験した人じゃないとわからないと思う。プライドや猜疑心《さいぎしん》やいろんなものがごっちゃになり、私をとても怒りっぽくさせていた。理佐子もたぶん似たような状況だろう。アナウンサー室のようなところにいたらなおさらだ。人気がパッとしないままに三十歳が近づいてきて、レギュラーも

ひとつだけになった。そんな理佐子がどんな気持ちでいるか、私はわかる。テレビ局で、いちばん地味な部署にいた私だから、いちばん派手な部署にいる女の気持ちがわかる。でもそんなことを理佐子に告げる機会はないだろう。

セオリーのジャケットとジーンズという組み合わせで、私は家を出る。仕事柄、私は着るものにとても気を遣う。ひとり暮らしで、月に十五万円お洋服に使えるのは、とても恵まれている方だろう。

地下鉄と山手線を使い、この街に降りる。十一時だからもう通勤客もいない。ブリッジを歩いて通用門からうちの局に入る。なかなかやってこないエレベーターだけれども、シースルーのここから見る景色は最高だ。東京タワーと富士山が同時に見える会社なんて、ちょっとないだろう。

私は今、ＰＲ局で働いている。テレビ局というのは、部署が変わるとまるで違う会社だ。秘書室からここに異動したのは二十九歳の終わり、彼と別れた後のことだ。私のどこがいけなかったのか、今だったら少しわかる。ほんの少しだけれどもね。

「結婚してくれるの、どうなの」

という思いは口に出来なかった分、私の体中をぐるぐるまわり、いろんなものになって出ていったんだろう。

それは随分遠い日のような気がする。私はこのPR局で、30のゲートを越えたのだけれども、それは想像していたようなつらいこともなかったし、焦りもなかった。同期の人たち四人で、イタリアンでご飯を食べたのだけれども、

「涼子ちゃんも今日から、私たちの仲間ですね」

と乾杯をした。いろんな部署に散っていった彼女たちだけれども、三十過ぎて、あるいは二十九ギリギリで独身なのは共通していた。

本当に三十歳の誕生日はどうってことなかった。それどころか楽しくはなやいだ気分になったぐらいだ。自分ではあまり意識していなかったけれども、私は心の中で、四大卒、しかも一流大卒の同期に対して多少コンプレックスを感じていたに違いない。PR局に移ったことで、バリバリ仕事をしている彼女たちと、やっと肩を並べられるようになるかもしれない……。その予感があったから、誕生日の夜は楽しかったんだろう。

そしてそれは的中した。うちは面白いところで、事務職として入社した私が、いつ

のまにか一般職となっていても誰も気にしない。そもそも、私が短大卒だということなどとっくにどこかへ行ってしまったようだ。私はPR局に配属されるやいなや、すぐ第一線に立たされた。

PR局というのは、文字どおり番組のPRをするところだ。新番組の記者会見を仕切り、番組のポスターや新聞、雑誌広告をつくる。

私はいきなり記者会見をセッティングすることを命じられたのであるが、どうしていいのか全くわからなかった。簡単なお知らせをまず、スポーツ誌や情報誌の編集部に送ることから始めたのだが、このタイミングはとても大切なのだ。直前だとあちらのスケジュールが埋まってしまっているけれども、あまり早いと忘れられてしまう。そのかねあいが最初はわからなかった。

そして重要と思われる記者たちには、直接電話をかける。

「二時からやります。今度のドラマ、主演の高見沢翔さんもとても張り切っていますので、ぜひ取材よろしくお願いします」

今でこそ顔なじみの記者さんがいっぱい出来たけれども、三年前は電話をかけるだけでドキドキしていた。私がPR局に入った頃は、まだ会社もここに移転していなかったので、スタジオだけでなく、レストランやホテルの宴会場を使うこともあった。いろいろ交渉し、予算がある時は記者さんたちの軽食や飲み物も簡単に用意した。彼らの椅子を並べ、出演者たちが座るステージもつくる。プレスシートを刷って、配るだけにしておく。当日は本気でお祈りしたものだ。

「どうか、何ごとも起こりませんように」

天災は仕方ない。政変、というのも関係ない。私たちPRの者がいちばん怖がるのは、芸能マスコミでの大ニュースなのだ。

たとえば大物の結婚、離婚、この会見を突然やられたらたまらない。不謹慎かもしれないけれども、お年をめした大スターの方が、ぽっくり逝かれるのも私たちは大迷惑だ。みんながそれっとばかりあっちへ行ってしまうから記者席はからっぽになってしまう。

けれども記者会見が無事に終わり、次の日のスポーツ紙に、大きく取り上げられている時は本当に嬉しい。主演の俳優さんのパワーによるものだけれども、やはり私たちの力もかなり加わっているのだ。

これまた大きな声では言えないけれども、俳優さんのスキャンダルも、悪いものではない限り、ＰＲ局にとっては大歓迎だ。たとえば週刊誌に誰かと一緒にいるのを撮られた直後だったり、離婚の噂が立っている最中など、やる気まんまんの記者さんたちがどっと現われる。それをいかにうまくさばくかも私たちの腕にかかっている。記者会見がだれ始めた頃、実にタイミングよく誰かが質問を発する。

「ところで噂のお相手のことについてですけどねえ」

「婚約間近、って言われてるけど本当ですか」

そんな時、私は割って入る。

「申し訳ありません。今日はプライベートな質問はご遠慮ください」

この時きつい声で言ったらカドが立つ。かすかに笑みを含んで、茶目っ気を持って言う。こんなコツも三年間のうちに学ぶようになった。どうやら私は、この仕事にとても向いているらしい。このままずうっとＰＲ局にいてもいいと思っているのだけれども、上司から言われた。

「そろそろプロデューサーの勉強も始めたらどうか」

私に制作畑も経験させたいらしい。みんな本当に、私が短大卒で、このあいだまで秘書をしていたことを忘れているらしい。いえ、私が忘れさせたんだ。頑張って頑張って、私はいつのまにか、根っからのテレビ局のキャリアになっていたんだ。

そうかといって恋を忘れたわけじゃない。今つき合っている彼とは、ごく自然に将来のことを話し始めている。お互いの親をどうするか、住むところはどうするか……なんていうことが話題になるのは、私にとって初めての経験だった。どこのお店へ行く、週末はどうする、なんていうことだけじゃなく、もっとちゃんと根が張っている生活のことを話し合う。これがとても新鮮なのだ。ああ、三十二歳の女がする恋愛ってこういうことなんだと思う。

三十になるのは少しも怖いことじゃなかった。ゲートをくぐったら、新しい居心地のいい世間が待っていた。こんなことをアナウンサーの理佐子に話したいと思うけど、そんな機会もないだろう。

それに今のこの幸せは、私の手でつかんだんだもの。

第五話
コーヒーショップスタッフ・藤田翔子の場合。

この街で働く女の人は、エリートばかりだ。

埋め立て地につくられた人工の街には、選ばれた企業だけがやってきた。テレビ局、広告代理店、新聞社といったマスコミに、化粧品、運送、電機も一流どころばかりだ。ホテルだって二つある。

女の人たちはみんなおしゃれで、よく手入れされた髪と肌を持っている。みんなネックレスのように、会社の名を記したＩＤカードを首からぶらさげている。中にはケイタイを一緒にぶらさげている人もいる。まるで、

「私はマスコミで働いているのよ。私はとっても忙しいのよ」

と言わんばかりにだ。

私は彼女たちを見るとちょっと恥ずかしくなる。それは二年前の私と、まるっきり同じだからだ。

大学を出た私は、四年間ふつうのＯＬをした後、小さなテレビ番組制作会社に入った。テレビ局の下請けの、さらに下請けといったプロダクションであったが、当時はマスコミの世界に入れただけでどれほど得意だったろう。今ならはっきりわかるのだけれども、三流どころの人間ほど、自分をその業界で活躍しているように見せるものだ。私は昼でも夜でもどこへ行っても「おはよーございます」を連発していたし、一度しか会ったことのない芸能人を、大の仲良しの口ぶりで喋った。ＩＤカードを貰って、テレビ局に出入りするのも嬉しく楽しかった。

あの頃、私が下っ端で手がけていたのは旅行番組だったが、予算も日にちもなく、まるで綱渡りのような番組の作り方だった。

小さな制作プロダクションの悲惨さなど、まるでギャグのようで、喋る方も聞く方も笑ってしまうだろう。何日間も家に帰れず、ソファの上で眠った。そのうちに髪が抜け、生理がなくなってしまった。やがて私は、精神にも異常をきたすようになる。夜全く眠れないようになり、食欲も落ちた。みんな私の悪口を言っているのではないか、すべてのミスは私のせいではないかと、あれこれ考えのたうちまわった。

あの頃私は、時々とんでもないことを口走っていたらしい。生まれて初めて精神科というところへ行ったら、しばらく休養するように言われた。その前に自分でも、これ以上続けるのは無理だろうということははっきりとわかっていたに違いない。すぐに辞表を出した。誰も引き止めはしない。私のような人間は、いつでも補充出来るからだ。

とにかく会社を辞めたかった。辞めようと決めてから、もう一日も行きたくなくなってしまった。仕事をやりかけにしたから、随分悪く言われていたに違いない。

そんなある日、この街にミュージカルを見にやってきた。そしてビルの中のコーヒーショップに入ったのだ。アメリカが発祥地のおしゃれなこのコーヒーショップは、ちょっとした街ならどこにでもある。以前友人と話したことがあった。

「私たちが大学生だったら、絶対にあそこでバイトしてたよね」

「そうだよね。なんか楽しそうだもんね」

そうだ、この店で働いてみよう。私はカウンターまで行き、若い女性に店長さんはいますか、と尋ねた。彼女は、あの人ですよと、眼鏡をかけた男の人を目で示した。

「あの、ここで働きたいんですけど」

私は彼に尋ねた。

「でも私、三十一歳なんですけどいいでしょうか」

「学生も多いけど、ふつうの人も働いていますよ」

だけどね、と彼は言った。

「他の仕事を持っていないと、うちだけで生活していくのは大変かもしれないよ」

「他に仕事を持っています」

と私は答えた。

「私、脚本家の卵なんです。だからこういう仕事をさせてもらえると、とっても都合がいいんです」

その言葉は嘘じゃなかった。大学を出た後、私はOLをしながらシナリオセンターに通っていた。テレビ局のシナリオ大賞に応募して、最終まで残ったことがある。けれどもそのくらいで仕事があるわけがなく、少しでもテレビの世界に近づこうと制作会社に就職したのだ。その夢をもう忘れかけていたのだけれども、コーヒーショップのマスターに話した時、私の心は決まったのだ。

「ここでバイトをしながら脚本家になろう」

そして私はコーヒーショップの店員になった。この街で働いて一年になろうとしている。

最初の頃は、ミルクを上手に泡立てることが出来なかった。人気のあるカプチーノ・ラテは、ミルクに蒸気を入れ空気を混ぜるのだがどうしてもうまくいかない。

「今日のラテ、へん」

とお客さんに突き返されたことがある。メニューを憶えるのも大変だった。バーにいる仲間に注文を伝え、カップに記号を記す。あれがすらすら出来るようになるまで、一ケ月はかかったかもしれない。

けれど一年たった今では、店長代理も出来るようになっている。店長がいない時に、店の責任者となり、アルバイトのコたちの仕事をふりわけていく。八百円から始まった時給も、今では九百六十円だ。この金額は、アルバイトの中ではトップだろう。週に五日働く。朝の六時から昼の二時半まで、昼の二時半から夜の十一時の閉店までのシフトを組み合わせ、収入は二十万円にとどかないぐらい。これだけでは生活出来ないけれども、幸いなことに以前の会社で知り合った人たちが少しずつ仕事をくれるようになったり、ノベライズだったり、BSの番組台本を書くことだったりする。これを含めて、月の収入は、二十数万円といったところだ。もちろんボーナスなんかない。最近「年収三百万円で暮らす」といった本が出たけれども、私はそのとおりだ。今どき都会に住んでいる大卒の三十一歳の女で、年収三百万というのはなかなかいないに違いない。

プロダクションに勤めていた時は、いくら小さいところといっても、二倍以上は貰っていた。八万六千円の、お風呂つきのコーポにも住めたが、アルバイト生活に入ってから、私はすぐに引越した。とてもじゃないが、家賃が払えるはずがないと思ったからだ。勤めていた頃、貯金を全くしていなかった。ストレスがたまっていたのだろう、給与もボーナスも、みんな洋服や食事代に消えていた。ソファで寝るような生活をしていながら、私はなぜかブランドもののスーツを買ったりしていたのだ。

今、私はそういうものに全く手を通していない。たいていスッピンに、ジーンズという格好で店へ行く。若いコの中には、私のことを学生だと思っているコもいる。まさか大学生ではないだろうが、大学院生ぐらいには見えるかもしれない。会社を辞めてから、私の肌の調子は絶好調になってきた。もともと雪国の育ちだ。肌には自信があった。朝、ローションと乳液をつけ、口紅だけを薄く塗る。髪はずっとパーマをかけていない。私は会社を辞めた時、いろいろ考えて表参道に引越した。表参道、なんて贅沢なの？　と友だちは驚いたけれども、四畳ひと間、六万八千円の家賃と聞いてしばらく絶句した。

「今どき四畳ひと間なんてあるの⁉　それも表参道に」

私もどういうからくりになっているのかわからない。たぶん遺産相続でもめ、手をつけないことに決めたのだろう。バブル期の地上げからも、その後の開発からも、とり残されたようなアパートだ。意外なことに、表参道の裏通りに、探せばこういうアパートはいくつもある。お風呂もない、四畳半、六畳のアパートだ。表参道には大きなお銭湯があって、こうした部屋に住む若者たちでにぎわっている。

以前、仕事の最中、何度かこのお銭湯の前を通ったことがある。その時、青山のお銭湯なんて、いったい誰が入るんだろうかと、不思議に思った記憶がある。もううちでお風呂を焚かなくなった老人たちに違いない。もしかしたら、近いうちに廃業になるんじゃないかしら……。

そんなことは全くの間違いだった。青山や原宿で、お風呂のない部屋に住む若者たちで、お銭湯は毎夜にぎわっている。みんな裸でも、髪型や雰囲気からおしゃれな職業についているのがわかる。デザイナー、スタイリスト、イラストレーターの卵たちだ。私は時々、彼女たちと言葉を交すようになった。みんな同じことを考えているので笑ってしまった。みんなボロアパートに住んでいるんだけれど、いっちょう前に名刺を持っている。それには南青山や北青山の住所が記されているはずだ。「○○荘」なんて絶対に書かない。ただ町名と番地、部屋番号だけにしておけば、いかにもマンションに住んでいるみたいだ。

私の住んでいるアパートは、平屋で六部屋しかない。1とか2、という数字がついているだけなので、勝手に一○二としておいた。私の名刺、「南青山○丁目△番地××の一○二」。こうしてみると、ちょっとした脚本家みたいだ。

私はこの店が大好きだ。カウンターも、椅子もテーブルも、新しくてまだピカピカしている。仲間は若いコばかりだけれども、店長がちゃんと面接して決めるので、そうおかしなコがいない。みんな忙しいのが大好きで、くるくるよく働く。

「カフェ・ラテです」

「カプチーノ、お願いします」

レジを打ちながらオーダーの声を出すのも好きだし、バーの前に立って機械を操作するのも好きだ。

いろんな人がやってくる。たいていはこの街に通うサラリーマンだけれども、観光客も多い。新しく東京名所となったこの街を見に来たのだ。初めてうちのコーヒーショップに入った、という人もたくさんいて、オーダーの仕方がわからない。カウンターの前で、カラーのメニューを見ると、すっかり混乱してしまうのだ。そういう時は、さりげなく声をかけるようにしている。

「ラテなんかいかがですか。うちの一番の人気なんですよ」

それにしようかな、と相手が言ってくれるととても嬉しい。

「ラテ、お願いします」

大きな声でオーダーをする。

私はカウンターの中から、お客さんを見るのが大好きだ。うちは椅子を高いスツールにしたり、ソファをはずしたりと、出来るだけ長居が出来ないようにしている。意地悪なようだけれども仕方ない。この街は家賃が恐ろしく高いので、客単価の低い喫茶店は経営しづらい。お茶だけ飲める店はいくらもないだろう。そんなわけで、ちょっとお茶を飲みたい人はうちに集中する。が、三百円で一時間も二時間もねばられたら困る、という店長の方針で椅子はとても座りづらくなっているのだ。

けれどもうちに来る人たちは、ゆったりと楽しげにコーヒーを飲む。パソコンを使ったり、文庫本を読む人たちも多い。店長の方針はどうだかわからないけれども、うちが喫茶店のように使われるのはとても嬉しい。店の端っこに、じっと何かしている動かない人たちがいて、その前をコーヒーを買う人たちが、レジからカウンターへと、まるで回遊魚のようにせわしなく動く。そのコントラストが私にはいかにも都会のコーヒーショップのように見えるのだ。

有名人だっていっぱいやってくる。近くにテレビ局があるせいで、いつも画面で見ている人がレジの前に立っている、なんていうのは珍しくない。女子アナの何人かはうちのラテが好きみたいで、よく寄ってくれる。クッキーやブラウニーを一緒に買ってくれることもあるけれども、あれがランチになるのかしら。

深沢裕人がやってきた時は、ちょっとびっくりした。芸能人らしく帽子を深く被っていたけれども、足が長いのと、ビンテージジーンズがカッコいいのですぐに目についた。帽子から見える唇に私は見憶えがある。だって私の少女時代と、彼のアイドル時代とはぴったり重なっているんだもの。

「カプチーノふたつ」

他にお客がいなくて本当によかった。私はぐずぐずとレジを打ち、ゆっくりとおつりを渡した。そしてこのまま別れるのは、ちょっと悲しいと思った。ただのコーヒーショップの店員じゃないと、私は彼に見せたくなった。

「もうお芝居、やらないんですか」

彼はアレッという顔をした。あたり前だ、彼は四年前、アイドルから俳優への脱皮を必死でしていた頃、二回ほど小劇場の舞台に立ったことがある。世田谷パブリックシアターの公演を見た人は、あんまりいないと思う。私はその数少ないひとりだった。

彼の目がいっきにやわらいだので、私は図々しく言葉を続ける。

「『フォクシー・ゲーム』すっごくよかったですよ。また舞台に出てくださいよ」

業界の端っこにいる私にならわかる。彼のように演技派をめざしている俳優は、舞台がよかったと言われるととても喜ぶ。テレビに出ている奴らとは、ちょっと違うという自負心があるからだ。

「舞台はいつでもやりたいんだけど、いま忙しくて、なかなかスケジュールが合わないんだ」

彼の声はとても感じがよかった。「忙しい」と発言した時のニュアンスにてらいや気取りがなく、自然でふつうだった。

「私、深沢さんが舞台にお出になる時は、すべて投げうっても、すぐ駆けつけますよ」

私の大げさな言い方がおかしかったのか、彼はくすりと笑った。ああ、この笑い方だ。ドラマ「君って!?」の最終回のシーン、別れを告げる恋人を、彼はこの笑顔で見送ったんだ。

そして私は、自分でもちょっと信じられない行動に出た。手が勝手に動いて、メンバーズカードをつまみ上げていた。メンバーズカードといってもちゃちなものだ。うちで一回コーヒーをオーダーするたびに、スタンプをひとつつく。それが二十個たまると好きなドリンクを一杯サービスするというシステムのあれだ。そしてカードの表紙には、住所と電話番号を書く欄があった。

「ここに書いてください……なんて、無理ですよね」

言いかけた途中で、私はそれがどれほど非常識なことかわかった。だから笑いで誤魔化したのであるが、信じられないことに、裕人は「いいよ」とボールペンを手にとったのだ。

深沢裕人という綺麗な大きな字を、私は信じられないような思いで見た。サインを貰ったことになる。しかも合法的に。アルバイトのコたちは、どんなに羨ましがるだろう。けれどもその後、彼がさらさらと住所と電話番号まで書いたので、私はなにやら空恐ろしくなってきた。

「そこまで、いいですよ……」

「いいよ、だって二十個たまるとドリンクくれるんでしょう」

彼の記した住所は、驚いたことにこの街の中にあるマンションだった。高層のツインタワーは、いま日本で何番めかにカッコいいマンションとして、よくマスコミにも登場する。セキュリティがしっかりしていることもあり、芸能人が何人も住んでいることは知っていたけれど、まさか裕人もいたなんて。

「事務所じゃないよ」

彼は私の心の内を見抜いたように、ニヤリと笑った。女の心をとろとろに溶かして、かきまわすような笑顔だった。

「でも、これ返さなきゃ、本人が持っているカードだから」

「いいよ、あげるよ」

彼は私を見る。馬鹿なこと考えてるんじゃない、と私は思った。私は美しくも、若くもない。コーヒーショップで働いている、ただのバイトの女だ。百万回奇跡が起こっても、裕人が私に興味を持ってくれるはずはない。

「ヒマな時は電話して。もし僕がうちにいたなら遊びにおいでよ」

「ウソでしょう」

「ウソじゃないよ。だって僕の芝居を見てくれた人なんてめったにいないもん」

そして、じゃあねと裕人はカウンターから離れた。彼の後ろ姿を私はずっと目で追っていた。ビンテージのジーンズは、腿の後ろもぱっくり裂けていて、そこから肌がちょっぴり見えていた。

私は彼が書いてくれたカードを、こっそりエプロンのポケットにしまった。まだ何が起こったのか信じられない気分だ。

たぶん気まぐれに自分のアドレスを書いて渡したんだろう。だけど本物じゃないような気がし始めた。裕人は事務所じゃないと言ったけれど、マネージャーか誰かの部屋と、電話番号じゃないだろうか。スターのマネージャーが、豪華マンションに住んでいるのはよくあることだ。経費で落とせるし、何かの折のカモフラージュになる。私に教えてくれたものも、たぶんそうした部屋だろう。それでも私はいいと思った。あの人気俳優が、ちょっとの時間でも話をし、からかってみようというものを私は持っていたのだろう。

都心のコーヒーショップで働いていると、時々こんなふうに思いもかけないことが起こる。そして、ああ、私は幸せだなと思う。本当だ。

この街で働く女たちは、三十二歳で職も恋人もなく、四畳の風呂なしアパートに住む女が幸せだなんて、とうてい信じてはくれないだろう。だけど本当のことだから仕方ない。私は毎日力いっぱい働いて、夜ぐっすりと眠る。夢をかなえるために、毎日ちゃんと努力している。お客さんにコーヒーを売るのは楽しいし、ミルクがうまく泡立ってくれた日はとても嬉しくなる。

この街で働く女たちは、みんなエリートばっかりだけど、みんな幸せそうじゃない。彼女たちにコーヒーを売る私だけが幸せなんじゃないかしら。

第六話
主婦・小野留美の場合。

このマンションに遊びに来た友人は、たいていここからの眺望と、私の幸運とを羨む。

「まあ、なんてすごい景色なの。こんな部屋に住めて、あなたってなんて幸せなの」

最近東京に超高層ビルがいくつも建てられたが、ここは豪華さで一、二を争うだろう。

四十二階のベランダからは、晴れていれば富士山がくっきり見える。そして反対側からは新橋や銀座の街並みを、思いがけないほどの鮮明さで眺めることが出来た。ここから見る夜景もいいけれども、夕暮れの美しさときたら、おそらく住んでいる者でないとわからないだろう。大きな夕陽がすぐ近くに迫り、あたりはオレンジ色のあかりにつつまれていく……。そしてこの幸福を味わえる人間は、そう多くはいないだろう。

　埋め立て地の上につくられたこの街に、いくつもの大企業が引越してきて、そしてしんがりの方にこのマンションは完成した。西棟と東棟から成るこのツインタワーは、分譲で最低一億はする。うちの部屋はもう少し上のクラスだ。広いリビングを持つ3LDKは、確かに夫婦で暮らすには広すぎるかもしれない。もっと狭い部屋で賃貸の物件がいくつかあり、幼児のいる若夫婦が住んでいるけれども、いずれにしてもふつうのサラリーマンには住むことが出来ない物件だ。ここのマンションは有名な工務店が施工していて、長いゆるやかな階段をあがると、大きな石を積み重ねた要塞のような壁につきあたる。そこには巨大な木の扉があり、立つと「開けゴマ」のように扉が開く。中に入ると水が流れ、岩に囲まれた庭がある。が、もちろんそこから先には進めない。セキュリティ番号を押すか、相手を呼び出さなくてはこの「王国」の中には入れないのだ。

　買物から戻り、小型のベンツでこの「王国」に近づく時、それが夕暮れ時だったりすると、私はいつもしみじみと充ち足りた気分になる。

「私の生きてきた道って、間違いはなかったんだわ」

私は三十二歳だ。まだ三十二年間しか生きていない、という言い方もあれば、もう三十二年間も生きてきた、という言い方もある。いずれにしても、ある程度の結果が見えてきてもいい年頃だ。今のところ私は、望んだとおりの人生をおくっている、といういうことが言えるだろう。三十二歳で望みどおりの人生をおくっているということは、望みどおりの夫を手に入れた、ということだ。

私の夫はサラリーマンで、ここから歩いて十分ほどの広告代理店に勤めている。いくら大手の広告代理店が高給といっても、まだ三十四歳の夫の収入などたかがしれている。種明かしをすると、夫は父親が経営する不動産会社の取締役もしている。もちろん名前だけの取締役だが、毎月かなりの報酬が夫の口座に振り込まれている。私たちのマンションも、関西に本社がある、義父の会社の出張所ということにしてあるのだ。今は税務署がうるさいのでいろいろなことが出来ないが、ちょっと前まで義兄の配偶者たちまで役員報酬を貰っていたというから羨ましい話だ。不動産会社といっても、景気に左右されるふつうの企業ではなく、義父のそれは一族の資産運用のためにつくられた会社だった。つまり夫は金持ちの息子ということになる。

私は昔から、金持ちの息子をよく知っていた。金持ちの息子にもいろいろあるけれども、親にべったり依存するタイプは好きになれなかった。聞いたこともないような中小企業の「副社長」や「専務取締役」などはまっぴらだ。友だちに告げた時、すぐにわかってくれる大企業でなくては嫌なのだ。金持ちの息子で、きちんと一流大学を出、きちんとした企業に勤めている男、というのが私の理想だったのだ。

金持ちの息子が勤める企業といったら、銀行か商社、広告代理店ということになるだろう。銀行は最近落ちめだし、商社は中にどっさりと選ばれた女たちがいる。広告代理店が中でもいちばんさばけていて、私が近づきやすい相手だろう。そんなわけで私は、広告代理店の男たちが集まる合コンに、せっせと顔を出したのだ。

そう、私の生き方はもう古いかもしれない。いまどき玉の輿を狙って、合コンに精出す女などジョークの対象だろう。けれども今も昔も、私のような女が確実に幸福をつかむのだ。頭のいい女ならば、こういうことを決して口に出さず、着々と実行している。

この街にはたくさんの女たちが働いている。

時々食事やお茶をしに、ビジネス街の方まで歩いていく。すると首からＩＤカードをぶらさげた女たちとたくさんすれ違う。夫の会社の女たちも多い。みんな綺麗でスタイルがよく、着ているものもおしゃれだ。栗色に染めた髪はとてもよく手入れされていて、陽にきらきらと光っている。けれども夫に言わせると、

「あいつら、将来のこと何にも考えてないんじゃないか？」

ということだ。

「そりゃ今は綺麗で若くて仕事も面白い。給料もいいから、みんな結婚しない。つるんでやたら海外や温泉行ってるけどさ、すぐに三十代なんて過ぎるよな。そういうことってあいつら、ちゃんと考えてるのかな」

そういう時、私はあくまでも従順で可愛い妻を装う。

「あら、私なんかほとんどお勤めしなかったから、あんな風にバリバリ仕事をしてる女の人、すっごく羨ましいわ。憧れちゃうわ」

すると夫は新聞から目を離さないまま、ちょっと顔をしかめて言う。

「よせ、よせ。人には向き不向きがあるんだ。留美みたいなのは、絶対キャリアウーマンなんかになれない。うちにじっといるのがいちばんいいタイプなんだ」

少々保守的というのも、私が男に望んでいた性格であった。

私は少女の頃から、可愛いと言われて育った。「留美」という名前も、生まれた時から、あまりにもパッチリとした大きな目だったので、

「将来、芸能界に入った時のために」

親バカで考えつかれたものだ。これは半分冗談としても、女のひとりっ子だったので、親からそれこそ着せ替え人形のようにして育てられた。プードルの模様のついたフレアスカートで母と銀座へ行くと、よく声があがった。

「まあ、なんて可愛いお嬢ちゃんでしょう」

スカウトされたことも一度や二度ではない。母は子役タレントにしたかったのだが、父が反対したのだ。母はその頃から、ずうっとこう言い続けた。

「ママがこんなに可愛い顔に産んであげたんだからね、ルミちゃんぐらい可愛かったら何でもなれるからね」

私のなりたいことって何だろうか。お嫁さん、と言うと先生はあまりいい顔をしなかった。

「お嫁さんは仕事じゃないのよ。先生が聞いているのはね、保母さんとかケーキ屋さんとか、どういうお仕事をしたいのか、っていうことなの」

仕方ない。そういった時代だったのだ。女の子だって、ちゃんと勉強し、目的意識を持って自立すべきなのだ。一生持つべき仕事を早いうちに見つけ、それに向かって勉強すべきなのだと私たちは教えられた。

だけど頭のいい女なら知っている。そんなことをして、幸福になった女がいったい何人いるだろうか。一生懸命勉強をし、望んだ仕事をしても独身の女は世間から冷たく扱われる。運よく結婚をしたとしても、待っているのはつらく忙しいだけの共稼ぎ生活だ。髪をふり乱して、朝子どもを保育園に送っていく。そして時間を気にしながら仕事をし、必死で子どもを迎えにいく。疲れた体にムチうって、育児・家事をしたとしても、夫からそう感謝されるわけではない。ただ疲れ果て、ぎすぎすした女になるだけだ。

頭のいい女だったら、女子アナは無理としても、客室乗務員、商社レディといった男ウケのする職業に就く。そこで自分にハクをつけ、いい男を狙うのだ。いい男というのは収入が多く、社会的に通りのいい男、ということになる。医師や弁護士、大企業に勤める実は金持ちの息子、いい男は探せばいくらでもいる。これぞというのを見つけたら、全身全霊でこの男を手に入れる。そして金も時間もたっぷりとある専業主婦になるのだ。

私は子どもの頃から、自分がなるのだとしたらこの道しかないと思っていた。私のうちはそう貧しいというほどでもなく、父はふつうのサラリーマンだ。二流の大学を出、メーカーに勤めていた。釣りが生き甲斐のおとなしい父で、ひとりっ子の私の望みを何でもきいてくれた。そして勝気で美人の母ときたら、私のような考えの女の子が育つのだろう、たぶん。

私は勉強があまり好きではなかった。やればもっと出来たかもしれないけれども、優等生になる理由を何ひとつ見つけることが出来なかった。小学校は公立だったけれど、中学はどうしても受験したいと私は頑張った。近くに有名なミッションスクールがありここを受けたのだが、結果は見事に落第だ。あれが私の初めての挫折であり、転機だったかもしれない。

「近くの公立中学でいいじゃないの」

と母は言ったが、私は絶対に首を縦に振らなかった。小学校は仕方ないとしても、公立の中学・高校を出た女の子が、世の中でどんな扱いを受けるか私はよく知っていた。一流の大学へ進めば別の評価を受けるが、私の成績ではたぶん二流か三流の大学だろう。

「公立から二流の大学へ行った女」

よりも、

「小学校から三流のエスカレータ式の学校へ進んだ女」

の方が、はるかに男たちからはちやほやされる。私は勉強して、高等部にやっと合格することが出来た。この学校は高校からはわずかしかとらず、入るのはかなりむずかしい。初めて頑張ったことの成果が出たのだ。

この頃お嬢さま学校が次々と受験校になり、入るのがむずかしくなっているが、私の出た学校はまだのんびりとした校風だ。しかし初等部から入ってきた女の子たちはしっかりとグループが出来上がっていて、私たち途中組は「外部さん」と言われていた。彼女たちからどんな意地悪を受け、どんな風に戦ってきたかここに書くつもりはない。が、とにかく私は、

「下からA女子学院」

というアリバイづくりには成功した。この肩書きさえ手に入れれば、あとは美しくなり、愛らしい風情を持てばいいだけだ。私は学生時代から合コンに精を出した。特

に広告代理店勤務と聞けば断わらなかった。そこで夫と知り合ったのだ。

どうやったら男を手に入れられるか、などという記事がよく女性誌にのっているが、あんなのはたいして役に立たない。大切なのは、若く美しいことだ。それ以外は、知恵と勘であるが、若くもなく、美しくもない女に、いろいろ教えても無駄だろう。

ひとつ言えることは、私は男の人と簡単に寝ない。いったんそういうことをしたら責任をとらせるようにする。責任をとらなければいけないような女になる。それだけだ。

大学の卒業時には、もう彼からプロポーズされていたから、経歴を「汚すような」職業には就かなかった。二年間だけ友だちのお母さんがやっている幼児教室を手伝うことにしたのだ。

とにかくいろんなことがあったけれども、私は優雅で幸福な専業主婦になった。子どもはまだいない、三十五までにはつくるつもりだ。一度早いうちに流産して、次の妊娠は少し間をおくようにと言われてから、ずるずると日にちがたってしまった。これについて、夫や私の両親は必要以上に気を遣う。しかし私たちは別に悲観しているわけでもなく、それまでは二人でゴルフや海外旅行を楽しもうということで一致している。

とにかく私は幸せなのだ。下のビジネス街では、不幸な女も、幸福な女も、不幸だが意地を張って幸福そうにしている女も、ごちゃごちゃと歩いている。しかしこの高層マンションに住んでいる女は、みんな幸せだ。少なくとも私の知っている女はみんなそうだ。


このマンションに深沢裕人が住んでいるという噂は、誰から聞いたのだろうか。マンションの一階に、住民が使う小さなコンビニがあるが、そこの店員だったろうか。いや、同じ棟に住む、大学の同窓生の真知子だったろうか。いずれにしても私たちはそう大騒ぎはしない。これだけのマンションだったら、芸能人が住んでいても不思議ではなかった。帰宅した夫に言った。

「ねえ、ねえ、深沢裕人がこのマンションに住んでるって知ってた」

「へえー、こんなところに」

「こんなところにってどういう意味」

「だってそうだろ。こんな近くにテレビ局もあるし、うちみたいな会社もある。マスコミの人間がうろうろしてるところに、よく住もうなんて気を起こすよね。ちょっと外へ出て歩くわけにもいかないんじゃないか」

「ああいう人なら、どこへ行くのだって車よ」

「ちょっと待てよ……」

夫は何か考える風に、ビールを飲む手をとめた。

「うちの会社の女の子と、深沢裕人がつき合ってるって話があったなぁ……。たぶん噂だけだと思うけど」

「あの人って、このあいだ女子アナと熱愛中って書かれてたわよね。その前は歌手だったけど」

「そりゃ、あれだけのいい男だったら、女はいくらでも群がってくるだろうさ」

今は管理部門にいるけれど、以前は派手なスポンサーを担当していた夫は、芸能人とも接触がある。CM交渉などで苦労していたから、わりと歌手やタレントという人たちに対してそっけない。

翌朝夫を送り出してから、私は小さなプラダに最小限のものだけ入れて部屋を出た。歩いて数分のホテルのジムへ行くためだ。このマンションに住む女たち何人かとそこで仲よくなり、午前中運動した後は、ランチを一緒にとることが多い。今日はその後、ジムの中にあるエステに行ってもいいかなぁと考えていた。そしてエレベーターを降りた時、私はロビーを突っ切って歩いてくる男を見た。つい男を凝視したのは、ジーンズをはいた彼の足があまりにも長かったのと、腕にぬいぐるみのような茶色のチワワを抱えていたからだ。後ろから声をかけた。

「なんて可愛いの」

「ありがとうございます」

男と私は立ち止まった。チワワはつぶらなうるんだ瞳でこちらを見つめた。

「名前は」

「ルミっていうんです」

「まあ、私と同じだわ」

そうですか、と男が言った時、私は心臓が停まるかと思った。帽子を被っていたからすぐに気づかなかったが、男は深沢裕人だった。テレビで見るよりも、ずっと背が高く、涼やかな目をしていた。私はジムとエステへ行くために、ほとんど化粧をしていないことを泣きたいほど悔やんだ。

「同じ名前なんて偶然だね。ほら、ルミ、お前と同じ名前の人だよ」

なぜか裕人はすぐに立ち去ろうとせず、チワワに向かって話しかける。私もこのまま別れるのは嫌だった。それでつい軽口を言ってみたくなった。

「あら、このマンション、ペット禁止じゃなかったかしら」

「預かった犬だからいいんじゃないかな。たった一週間ぐらいのことですよ」

その時、私の胸は激しく騒いだ。おそらく裕人は、恋人が留守の間、その犬を預かったに違いない。なんていうことだろう、私は初めて会った男の、まだ会ったことのない彼の恋人に嫉妬しているのだ。

「よかったら、ルミがいる間に顔を見にきて。明日、あさって、ルミが可哀想だから、午後からずっといることにしたんだ」

「あら、よくそんな時間があったわね、忙しいでしょうにね」

これは相手が深沢裕人と認めたことになり、私の敗北だった。それまでの犬をめぐっての対等がいっきに崩れたような気がした。

「俺はそんなに忙しくないよ。今がいちばん暇かもしれない」

裕人は白い歯を出して笑った。テレビで見たとおり、右の歯が少し出ている。しかしそれがなんともいえず、少年っぽく清潔な雰囲気をつくり出していた。

彼は部屋番号を私に告げた。私の部屋より四階下で同じ向きだ。ということは、彼は私と同じように、富士山と夕陽を見ているということになる。

その日、私はジムでいつもの仲間に会っても、裕人に会ったことはひとことも話さなかった。そしてランチはやめ、長い方のコースのエステをやってもらった。

次の日、私は手づくりのシフォンケーキを持ち、裕人の部屋のチャイムを押していた。ためらう気持ちなどまるでなかった。なぜならこんな風に、好きな俳優の部屋を訪ねる、などというチャンスはもう二度とないと思っていたこと。そしてもうひとつは、矛盾するようだけれども、どうせ裕人は留守でうちにはいないだろうと思っていたからだ。

外から来る人間に対しては重い扉を閉ざしているこのマンションだが、いったん入れば中は監視カメラひとつなく、各ドアに簡単なチャイムがついているだけだ。今日の私は完璧に化粧をし、髪もきちんとブロウしている。着ているものは豊かな主婦の証のようなカシミアのツインニットだ。チャイムを押した。驚いたことに男の声で「はい」と応答があった。ドアが開かれる。そこにはまぎれもなく、深沢裕人が立っていた。

「あの」

私は深呼吸した。私はいろんな男の対処の仕方を知っていたはずだ。私はそういうことにかけては長《た》けているのだと、自分に言いきかせる。

「図々しく来ちゃいました」

こういう時はお茶目に言うに限る。

「ルミちゃんのお土産。でも食べられないかしら……」

シフォンケーキを目の上に掲げた。裕人はにっこりと笑う。ああ、私の大好きなあの笑いだ。シフォンケーキを持った手は、そのまま彼に握られた。

「きっと来てくれると思ってたよ」

彼は私の手をひいて、居間を横ぎる。私のうちと同じ間取りだ。このドアを開けると八畳のメインベッドルームだ……。そのとおりだった。そして私は裕人の唇で唇をふさがれた。私は驚かなかった。私は男の対処については上級者だ。自分が本当に欲しい男に会ったら、すぐに黙って身を任せる。私はずうっと昔から、そのことを知っていたと思う。

第七話 化粧品会社勤務・大貫理佐子の場合。

引越してきてから二年たつけれども、私はこの街が好きになれない。ゼロから始まったまるでお芝居のセットのような街。大きな企業のビルが幾つも立ち並び、街には広場も劇場もある。けれどもどうしても〝つくりもの〟という感じから逃れることは出来ない。どこもかしこも新しくてピカピカしている。そしてあたりの木々は、若木という清々しさはなくて、無理やり連れてこられたひよわさだけが目につく。夏はアスファルトの照り返しがきついし、冬は冷え冷えとしている。埋め立て地のせいだろうか、靴の底からじわりと寒さが迫ってくるのだ。

ここにオフィスが移転すると聞いた時、喜んだ社員は誰ひとりいなかったと思う。私も「やだー、嘘でしょ」と大きな声をあげたひとりだ。もともとうちのオフィスは銀座にあった。今でもほとんどの人が、銀座にあるものと思っているだろう。

　この街から銀座まではほんのわずかな距離だ。タクシーも基本料金を越えるか越えないか、というところだろう。それなのに歩いている人も、空気もまるで違う。銀座にはあったあのおっとりとした優雅な雰囲気が、この新しい街にはまるでない。歩いているのは、この街に勤めるビジネスマンと、新名所を見ようとする観光客だけだ。銀座のように、用もないけれども楽し気に歩く品のいい初老の女たちを、ここではひとりも目にすることがなかった。

　私があまり銀座を礼賛するので、ある人に言われたことがある。

「銀座好き、好き、っていうのは、田舎もんの証拠だよ」

　それがどうしたの、と私は言った。本当に田舎者だから仕方ないじゃないの。

　九年前のことになる。二十四歳の私は佐賀のデパートで働いていた。一階の化粧品売場で美容部員をしていたのだ。

　今、私は本社の宣伝担当として、ＣＭや雑誌、新聞広告を企画したり、撮影に立ち合っている。大手の化粧品会社の広告をつくる仕事を、高卒の元美容部員の私がしていると言ったら、外部のたいていの人は信じてくれない。けれども本当の話だ。私だけでなく、本社にいる四百人の女性社員たちの半分が、美容部員から出発している。後の二百人は、一流大学を卒業した、新卒の女性たちだ。海外に留学してMBAを取得したり、大学院を出た者も多い。日本を代表する化粧品会社として、うちは民間の調査でも、いつも上位を占めている。女性が働きやすい会社というアンケートでは、確かトップ3に入っていたと思う。

エリートの道をまっしぐらに歩く彼女たちと、元美容部員だった私たちが、一緒に本社の広報や宣伝といった部署で混じって働いている。けれども差別されたこともなければ、嫌な思いをしたこともない。これまた「嘘だ」と人に言われるかもしれないけれども、うちの会社では前歴や出身校を聞くのは、はしたないことだという空気がある。特に女性がそうだ。それはうちの特殊な採用方法によることも多いが、本社の女性たちはとにかく忙しい。私にしても、十時、十一時まで働いているのがふつうで、同僚たちと連れ立って飲みに行ったり、食事ということがまるでないのだ。ふつうのOLのように、楽しく連れ立ってランチという習慣もなく、パソコンの前でスタバのペストリーを齧《かじ》ったりしている。つまり私たちには、噂が増殖する時間がまるでないのだ。

私は本当によく働く。そしてかなり有能だと思う。五年前マーケティング部から宣伝に移ってきた時、仕事をイチから教えてくれる先輩もいなかった。いきなり会議に出され、企画書を書くように言われ、モデルとスタジオの確保をするように言われた。すべてが初めてのことだったけれども、私はひとつひとつ仕事を憶え、同じ失敗は二度としないように心がけた。仕事はどれもとても面白く、私はすぐに夢中になった。今、私の日常の九十、いや九十五パーセントは仕事のことだろう。遅く帰ってきて、ワンルームマンションのシャワーを浴びている最中も、眠る前のひとときも、私は今度つくるCMのことを考えている。恋人はいない。結婚する気もまるでない。将来どうなるだろう、ということもほとんど考えていない。たぶん私は、まだ今のこの東京での生活が、つくりもののようにぼんやりとしているからであろう。十年近くいるけれども、完全に身になじんでいないからに違いない。

高校を卒業するまで、私は本当にふつうの女の子だった。地方に何十万人もいるふつうの女の子だ。東京へ出ることなど考えもしない。生まれ故郷で就職をし、そこで結婚し、子どもを産んで死んでいく。それがあたり前と思い、それ以外は考えもしない。それが私が送るはずの人生だった。県立の高校を出る時、東京へ就職したり進学する友人は何人もいたが、私にはめんどうくさいことに思われた。私はひとり娘だったから家の中で大切にされ、とても居心地がよかった。出ることなどまるで考えなかった。母は地元の短大にでも行ったらと勧めてくれたが、受験勉強をすること自体が嫌だったのだ。高校時代の成績は中の下、といったところだろう。すごい美人というわけでも、スポーツが出来るというわけでもなく、ふつうに友だちのいるごくふつうの平凡な女の子、それが私だった。美容部員になったのも、事務をやるより面白いかもしれないという程度の意識だ。学生時代からおしゃれで、メイクに凝っていたわけでもない。

ともあれ私は、市内でいちばんのデパートの化粧品売場に立った。もちろん家から通い、二十四歳まで母親のつくるお弁当を持っていったのだから、どういう暮らしか想像してもらえるだろう。佐賀というのはとても保守的なところで、結婚前の女の子が親元にずっといるというのは、ごくあたり前のことであったから、私も親たちも何の疑問も抱かなかったのだ。

仕事は思っていたよりも楽しかった。毎日いろんな人がやってきて、化粧品を試したり、買っていってくれたりする。口紅ひとつで、その人の顔色がまるで違ってくる。

私は色チャートの本を買い、色彩についてちょっと勉強したりもした。私は昔からそう勉強は出来なかったが、よく気がつく娘と言われていた。だから二度目に訪れる客の顔を憶え、必ず尋ねた。

「このあいだお求めいただいたファンデーション、いかがでしたか」

するとと客は何か言う。とてもよかった、と言う時もあるし、苦情を口にすることもあった。そうした話はとても役立つような気がしたので、「お客さまの声」というレポートをつくり本社に提出した。やがて本社の美容部長がやってきて、私に本社に来ないかと声をかけてくれた。

「本社は地方の優秀な女性を抜擢《ばってき》することがあるの。あなただったらきっと出来ると思うわ」

そして私は上京することになった。東京へ行くのは、修学旅行で一回、コンサートを見るために二回、高校時代友人と行ったきりだ。反対すると思った両親も、とても喜んでくれた。うちの会社は日本人だったら誰でも知っている。その本社、銀座にあるという立派な会社に、自分の娘が選ばれて勤めることになったと、親たちは単純に嬉しかったのだろう。もしかすると、東京の本社にいるエリートの男に、自分の娘が見染められたら、ということも考えたのかもしれないが、生憎《あいにく》と本社にいるのは年のいった既婚者ばかりであった。

それはともかく、あの頃、デパートの美容部員が抜擢されて佐賀から東京へ行くというのはちょっとしたニュースであった。同僚たちは「うまくやった」ということをささやき合ったらしいが、それは違うと思う。

それまでの私の人生を考えても、私は強い野心を持った人間ではない。上昇志向が強い、というのとも違う。チャンスを狙っていたというのは、全くはずれた見方だと思う。私は佐賀での生活も充分満足し、ここでずうっと暮らしていくことを信じて疑わなかった。

だいいち私たちは、決してシンデレラではない。本社に招《よ》ばれた女たちはちゃんとふるいにかけられていく。脱落した女たちは何人もいる。どうしても、本社の業務のレベルについていけなかった女たちだ。私は最初「マーケティング部」というところに入り、初めて企画書を書くことをした。「現代国語」3の実力で、私は何枚も何枚も企画書を書いた。そして埼玉のはずれの研究所に通い、研究員たちに質問をしては長い企画書を仕上げ、幾つか新しい商品を提案した。私ひとりの考えが採用されたわけではないが、私の属するチームが提案したものは商品化されヒットした。そして私は五年めにこう言われた。

「今度は宣伝をやってもらうよ」

それは本社の中でも花形部門だ。

今でも不思議な気分になる。デパートに勤めていた頃、本社からしょっちゅう宣材が届けられた。ポスターやポップを貼りながら、私たちは勝手なことを言い合ったものだ。

「今度のモデル、ブス！」

「えー、このポスター、何か暗くない？　貼ると気が滅入っちゃいそう」

今、そのポスターを私がつくっているのだ。うちの広告というのは、昔から定評があるけれども、それは内部の制作室でつくっている。広告代理店にはほとんど発注しない。それだけ中の制作室のレベルが高いということだ。だからタレントを選び出すのも、大手の代理店を通さず私たちの仕事になる。

まず何度も会議がある。来シーズンは誰をキャンペーンガールにするかという戦略会議が、いちばん苦労するけれどもいちばん楽しい。うちのキャンペーンガールになるというのは、女優やタレントのステータスシンボルとされてきた。だから声をかければ、誰でもすぐに喜んで出てくれるというのは大きな間違いで、事務所がらみでいろんな問題が出てくる。

本人が今連続ドラマに出演しているが、そこのスポンサーが別の化粧品会社だったりすることがある。

「おたくのキャンペーンに出していただけるとわかっていたら、絶対に出しませんでしたのにー」

と、マネージャーが歯ぎしりするけれども後の祭りだ。

今期の口紅のキャンペーンのモデルは、水木玲奈。長いことカリスマ歌手としてポップス界に君臨していた彼女だったけれども、今は少々人気に翳《かげ》りが見られる。が、今こそ彼女を起用するのも面白いと私は思った。超人的な人気を誇った歌姫が、口紅の広告に出る、それだけで大きな話題になるはずだ。それに現時点でギャラはかなり下がっているに違いない。再びブームをつくりたい事務所と交渉すれば、こちらの希望もかなうだろう。

最初の会議に、私は多くの資料を揃えた。大手の代理店の「タレント好感度調査」では、彼女はまだまだ上位に入っている。口紅のターゲット、二十歳から二十五歳の層では、四位という結果が出ていた。それにさまざまな雑誌の切り抜き、別の意識調査と彼女の歌とを結びつけ、

「自分を主張する時代の、シンボリックな存在」

と結んだ。そして何度かの会議を経て、

「今度の口紅は水木玲奈でいく」

という決断が下った時、私はどれほど嬉しかったろう。

そしてキャンペーンガールが決定すると、私はにわかに忙しくなる。マスコミを集めての記者会見を企画し、会場を押さえる。スタイリストと当日の彼女の衣裳を決め、本人やマネージャーに立ち合ってもらう。その合い間に、彼女の事務所の社長から食事の招待を受けた。宣伝の仕事があると、こういうことがよくある。プロダクションから手厚い接待を受けるのだ。しかし私はそういう時充分に注意をはらう。決して豪華なところへ行かず、ものは受け取らない。広告の仕事をしていると、勘違いをする者が多いが、私は決して舞い上がることはないと思う。

「大貫さんっていつもクールだね」

とよく言われるが、もともとは田舎者が何かの間違いでこの場所にいるのだ、という思いは常にあって、それが私を謙虚にも、少々権高にも見せているようだった。

水木玲奈は思っていたよりもふつうの子であった。が、ブルーにラメが斜めに入った長い長い爪は、とても人間のものとは思えず、トイレに行く時どうするのだろうと、心配になったほどだ。

最初に食事をした時、玲奈は私に言った。

「大貫さんのケイタイ、教えてくれない。私のも教えるから」

互いにケイタイ番号を教え合ったのだが、私からタレントさんにかけることはまずない。仕事でつき合うことはあっても、こちらはふつうのOLという思いがあるからだ。けれども玲奈から、一日おきに電話が入るようになった。本当かわからないけれど、彼女は言う。

「大貫さんなら、私、信じられると思った」

それは彼女と、彼女の恋人、深沢裕人をめぐる長い物語を聞かされる始まりであった。

第八話
新聞社勤務・高見祥子の場合。

帰国子女は、みんな帰国子女、という言葉が嫌いだ。

好奇心とかすかな羨望、そして何より「あなたは特別な人」という、突き放した響きがとても嫌だ。私は三十四歳だから、もうそれほど帰国子女が珍しくなくなった時代に育った。

それでも私が、幼い頃海外で暮らしていたのを知ると多くの人が言う。

「ああ、やっぱりね」

何がやっぱりなのかわからない。ただ私の英語が出来ることや、ちょっと変わった雰囲気のつじつまが合うのだろう。

自分でも気づいたことがないけれども、私の歩き方、話し方、ちょっとしたしぐさは、日本の若い女とは違うそうだ。

「日本の女の子って、あなたみたいに姿勢がよくないもの。たいていの子が、背中丸めてちょこちょこ歩いてるわ」

私は身長はそう高くないが、脚がとても長く見えると言われる。ヒップがきゅっと上がっているからだと女友だちは羨ましがる。そのせいではないけれども、私はジーンズをはくことが多い。そんなに変わったものははかない。リーバイスのブーツカットというごくふつうのものだ。それにジャケットを組み合わせて会社へ向かう。こういう格好が許されるのも、私の職場が新聞社のせいだ。私はここの国際部で二年契約の嘱託をしている。国際部には四十人ほどスタッフがいるが、大半が私と同じような契約をしている外国人だ。

アメリカ人、イギリス人、フランス人、韓国人、中国人、ドイツ人、主要な国はほとんど揃っている。共通しているのは、日本語が達者ということだ。みんなそれぞれのパソコンに向かい、海外から送られてくる情報を訳したり、またこちらのニュースをすばやく訳して海外に流す。

私はスポーツ担当ということで、日本の野球はもちろん、ほとんどすべての競技を取材し英語に直す仕事をしている。

　昨年移転したばかりのうちの会社は、二十四階建ての素晴らしいビルだ。どこもかしこも新しくてピカピカしている。そして西側の窓から眺める景色の美しさといったらない。東京の街の向こうに、くっきりと富士山を見た時、私は声をあげた。それまでも新幹線の中から見たこともあるし、ドライブの途中で眺めたこともある。けれどもこんなにくっきりと濃い姿を見せている富士山を見るのは初めてだった。

　そういえば私がサンフランシスコで暮らしていた頃、毎年東京の祖母から送られてくるクリスマスカードに、よく富士山の絵があった。おそらく外国人相手に売られていたものだろう。金粉をかすかにまぶした、いささか安っぽい富士山だったと記憶している。

　十三歳で日本に戻ってきたけれども、その前にも何度か帰国している。けれども富士山を見に行ったことは一度もない。

「別に行くほどのものじゃないわよ」

　と両親が言い、山梨や静岡に連れていってくれなかったからだ。日本にいる間は、ホテルに泊まったり、世田谷の祖父母の家に行ったりしていたが、何かのはずみで富士山が見えることがあった。

「ほら、あれが富士山よ」

と母が指さしたが、山々の間からちょっぴり頭を覗かせる富士山を見ても、少しも綺麗とも素敵とも思わなかった。

ちゃんと富士山を見たのは、アメリカンスクールで山中湖のキャンプへ行った時だ。あの時の私は、最低の気分だったといってもいい。十三歳で帰国した私を、両親は地元の公立に入れた。カメラメーカーに勤める私の父は、ただのサラリーマンだったから、高額なアメリカンスクールの費用が大変だったのだ。それと、

「日本語をきちんと使える、ふつうの日本人にしたい」

という母のセンチメンタリズムとがうまく合わさって、私は突然セーラー服を着せられることになった。むずかしい年齢だったのだろう、私より五歳年下の弟は、地元の学校にすぐに順応したというのに、私はひどいことになった。編入してすぐにイジメにあい、私は登校拒否兼拒食症のようになってしまった。日本の子ども、日本の食べ物、日本の空気、すべてのものを拒否したのだ。さすがにこれではまずい、ということになったのだろう、両親は私を神奈川のアメリカンスクールに入れてくれた。そ

こでやっと私は息を吹き返したといってもいい。アメリカンスクールといっても、外国人の子どもは三割ぐらいで、あとは私と同じような帰国子女ばかりだった。今聞いてものけぞるほど高い月謝は、祖父が出していた、ということを後で知った。

しかしアメリカンスクールに入った子どもは、覚悟を決めなければならない。もう日本のふつうのコースはたどれない、ということだ。あの頃アメリカンスクールから入れる大学は限られていたので、みんな海外に出た。

「祥子はちゃんと日本の女の子にしたかった。日本語を喋れる外国人にはしたくなかった」

と母は嘆いたけれども仕方ない。日本の大学を出て、日本でふつうに就職するという道は不可能になった。あの頃の私は、まだ日本を拒否する心を残したヒネクレモノだったと思う。だから大学を選ぶ時、

「絶対に日本人がいないところ」

というのを条件にした。今どき日本人がいない大学など、アメリカ中探してもないけれど、まるで日本の専門学校と化した西海岸の二流の大学へ行くよりずっとましだ。そして私が選んだところは、メキシコ国境に近い、ツーソンの大学だ。ここは日本人

の留学生をほとんど見なかった。もうちょっと頑張れば、東部の名門大学へ進めたかもしれないが、あそこも日本人がかなりいる。講義の間に、日本語でお喋りするようなことはまっぴらだった。

無名といってもいい大学で、私は卒業する時優等賞を貰った。これをうまくアピールすれば、ニューヨークやワシントンで収入も聞こえもいい職に就けたかもしれない。ところがどうしたことか、私は急に日本に帰りたくなったのだ。どうしてあれほど強く「日本に帰らなきゃ」と思ったのか、自分でもよくわからない。幼い頃から私を可愛がってくれ、何かと援助してくれた祖父が亡くなったことが大きいかもしれない。今日本に帰らないと、私の知らないうちに時間が流れてしまうと思ったのだろうか。それともよく母が口にした、

「根なし草のような人生だけはやめてね。あなたはちゃんとした日本人なんだから」

という言葉が身に沁みるようになったのだろうか。

もしかしたらアメリカ人の恋人と別れたことも大きいかもしれない。アメリカンスクールに編入した時から、私は漠然と自分はアメリカ人と結婚するのだろうと思っていた。私をいじめた日本の中学生、

「お前の日本語おかしいぞ。英語が出来るからってえばるな」
と私をいじめ抜いた男の子たちが大人になった男たちと、結婚するなどとはとんでもないと思った。明るく愉快で、人の個性や生き方をちゃんと尊重してくれるアメリカの男と、きっと私は結ばれることになるのだろうと信じていた。しかしうまくいかなかった。あの時の心理を誰かが解いてくれたら面白いと思うのだけれども、ある日突然私は、彼の中のアメリカ的なものに嫌気がさしてしまったのだ。彼の明るさや、前向きなところといった美点さえも、フラットな陰影が全くないものに見えてきたから本当に不思議だ。

とにかく私は日本に帰ってきた。そして職を探したのだが、思ったようにはいかなかった。今どきアメリカ帰りの、英語が喋れる女などいくらでもいる。通訳や英語教師など絶対になりたくなかった。私は英語が出来るだけの人間じゃないと、いつもつぶやいていたのは、かなりナーバスになっていたからだろう。

やがてアメリカンスクール時代の友人が、出版社の国際局の仕事を紹介してくれた。向こうの出版社と交渉したり、ベストセラーのシノプシスをつくったりする仕事は案外面白かった。そこになんと四年もいたのだが、今度は誘われてBSのレポーターとなった。スポーツ番組のレポーターで、この時、大リーグを取材したことが今の仕事に繋がっている。新聞社の国際部で、スポーツに強い人間を探しているというので面接したところ、さっそく採用されたのだ。

こういう風に私の今までのことを話すと、着々とキャリアアップしているように思われるが、それは違う。アメリカでは、と言うこと自体、みなにうとまれるのはわかっているけれども、アメリカでは昨日よりも明日がよくなるようにとみんな必死だ。女だってちゃんとその戦列に加わり、血みどろになりながらも、自分のキャリアを高めようとする。自分の生活とキャリアが上がると判断するのならば、職を変えることなどあたり前だ。

けれども日本の場合は違う。

「いつまでお勤めするの。もう三十代なのに」

と聞かれて、私は返答が出来なかった。どんなに特別な有意義な仕事をしていても、いずれ女は仕事を辞め、家庭に入るものだという前提がある。収入の多い、いい仕事についている女ほど、いずれ自分を高く売れるだろう。金持ちの配偶者を手に入れるためにも、今の仕事にお励みなさい……私はあたりからそんな声が聞こえてきそうな気がして仕方ない。

たとえばよく取材先で一緒になる、女性アナウンサーたちのことだ。彼女たちはみんな一流大学を出て、宝くじ並みの競争率を経て局のアナウンサーになったと聞く。それなのに彼女たちの大半は、二十代のうちに辞めることばかり考えている。それも収入のいい男を得てだ。

取材のためにキャンプ地や野球場に出入りするようになって、彼女たちの行儀の悪さには閉口した。週刊誌で書かれているとおりだった。野球のことをあまり勉強しないことにも腹が立った。

私は取材する選手のプロフィールはもちろん、最近のスコアを調べ、過去の印象深かった試合の幾つかをビデオで見返したりもする。けれども彼女たちはそんなことは考えもしないようだ。いつもキャッキャッと笑いさざめきながら、愚にもつかぬ質問を繰り返す。けれどもそれに怒る選手などひとりもいない。みんな彼女たちのケイタイの番号を聞き出そうと必死になっているからだ。

彼女たちを見るたびに「私は違う」と肩をそびやかした。私はプロのジャーナリストとして、ここに来ているのだ。お愛想笑いなどするものか。

しかし年よりはずっと若く見える私は、時々ケイタイの番号を聞かれる。食事に誘われることも一度や二度ではない。そんな時、うまくかわすコツも自然に覚えてくる。ケイタイの番号を聞かれたら、会社から持たされた方の番号を教える。そして食事に誘われたら、

「選手の方と、個人的なおつき合いをしてはいけないと、会社の方から固く言われてますから」

と言って断わる。こんな簡単なことを、どうして女性のアナウンサーたちはしないんだろうか。

にっこり微笑みながら、グラウンドに立つ彼女たちはとても綺麗だ。さすがにスカートをはいてくるお馬鹿さんはいない。みんなパンツルックだ。そこらのタレントも顔負けのプロポーションを持つ彼女たちに、パンツはとてもよく似合う。長い脚に形のよいヒップから選手たちは目が離せない。

私は彼女たちを眺めながら、こういう女たちはアメリカにはいないよなあとよく考える。アメリカでも、色気たっぷりの可愛らしい女たちはいくらでもいる。しかしそういう女たちはあまり知的な職業に就いていない。仮にもテレビのキャスターをする

ぐらいの女だったら、凛《りん》とした強いものを身につけている。女の武器を使うとしても、もっとしたたかに陰でこっそり行なうだろう。

日本では知的なもの、可愛くて色っぽいものがごちゃごちゃに混ざっている。それが私には面白いし不思議だ。もっとはっきり言えば、私は日本の女たちがよくわからない。キャリアなのか、結婚なのか、すべてに中途半端で、いつも文句ばかり言って、そのくせとても幸せそうな、この国の女が本当によくわからない。

私はあまり会社にいない。いや、いたくない、というのが正直なところかもしれない。新聞社というのは男の職場だ。女はといえば一割もいない。それも事務職がほとんどだ。

私たちのいる国際部のフロアだけが特別で、あとの階はいささか古風な男たちが知識と勘を競い合う場所だ。エリート意識のやたら高い、いささかもっそりとした格好の男たちが、ワイシャツの袖をめくってパソコンを打ったり、あるいは電話をかけている。OA化され、社屋も新しいこともあって、昔ながらの「ブン屋」のイメージはもうなくなっているということだ。それでも私には、充分汗くさい職場だった。それに卒業以来、ずうっとフリーランスをしていた私にとって、人が団体で何かをしているという場所には、未だに違和感がある。

朝、駅から人がこの街に向かってどどーっと流れるさまは、恐ろしいぐらいだ。といっても、私が朝、職場に来ることなど数えるほどだけれども。たいてい私はお昼頃に会社に来る。そしてメールをチェックし、アメリカ本土の情報をパソコンで確認する。

こんなことを言うと自慢めくけれども、この会社での契約を一度更新した頃には、大リーグとの関係も出来るようになった。あちらには定期的に日本選手の情報も送ってやる。イチロー、マツイの活躍のおかげで、彼らも日本のプロ野球選手に対しては、興味シンシンなのだ。

アメリカの時差を考えながら、あれこれメールを打っている間にも、ピーコが何度か鳴る。ピーコというのは、うちの新聞社だけの呼び名で、ちょっとしたニュースが入るたびに、軽やかなチャイムの音と共に、アナウンスが流れるのだ。

「先ほど東海地方に、震度3の地震がありました。津波はありません」

「民主党が提出した、内閣不信任案が先ほど衆議院で否決されました」

ピーコという名前のわりには、太い男の声が続く。それを聞きながら私はフロアを出た。エレベーターの前で、黒人の大男ベントンに出会った。

「ヘイ、ショーコ、今日は早いね。デイトかい」

「わが社のセクハラ委員会がつくった規定によると、デイト？　って聞くのは、立派なセクハラらしいわよ」

「おお、それは失礼。どうか僕を告訴しないでくれ。頼む。僕を訴えないでくれ」

大げさに祈るふりをしたので、二人で笑い合った。

「今からパーティーよ。ジュードーのキヨズミ選手が本を出したので、その出版記念パーティー」

「おお、キヨズミ。彼は素晴らしい。僕もファンだぜ」

さすがにオリンピックで金と銀を獲った彼のことは知っているらしい。私は最近彼にロングインタビューをしたことがあり、その縁で招《よ》ばれたのだ。

引退間近の三十三歳の彼は、どうやら政界に転身するらしい。ホテルの宴会場へ行き、その確信はますます深まった。たかがエッセイを一冊出したぐらいで、このパーティーは大げさすぎる。自民党の代議士に演歌歌手、往年の人気女優と、いかにもといったメニューで、私はかなりうんざりしてしまった。

テレビでよく顔を見る童顔の国会議員が、彼がいかに素晴らしい人物かということについて長いスピーチを始めた。

もうそろそろ帰ろうと振り返った時、私の肩が真後ろに立っていた男の腕にあたった。手にしていた水割りが、目にわかる滴《しずく》となってあたりに散った。

「すいません」

何でもありません、と男は言った。俳優の深沢裕人だとすぐにわかった。私はあまりテレビを見ないけれども、彼の顔は知っている。そうだ、飛行機の中で彼の出演していた映画を何度か見たのだ。コンパニオンの女がとんできて、大げさすぎるほど彼の腕を拭いた後、私はあらためて謝罪した。

「申し訳ありません。私、こういう者です」

「へぇー、新聞記者さんですか」

彼は私の名刺をしげしげと眺めた。うつむいた顔もとても素敵だ。私は彼のスキャンダルを思い出した。いくつかの恋の事件。これなら女たちが彼に夢中になっても無理はない。

「僕はあなたの会社の近くによく遊びに行きます」

「そうですか。いかにも人工都市って感じであまり面白くないでしょう」

「いいえ、そんなことはありませんよ。昔、僕はあそこに住んでいたんです」

私の会社がある場所が埋め立て地だというのは知っていたが、町があったとは聞いたことがない。

「いいえ、本当ですよ。僕の子どもの頃、漁師の家が何軒かあったんです。僕の親父も品川沖に舟を出す漁師でした」

彼は私の目をのぞき込むようにして言った。本当だろうか。嘘でも何でもいい。こんな美しい男が私に何かを信じさせようとしている。黒い深い瞳。世界でいちばん美しい、日本の男の目だ。

第九話
女優・小山内千穂の場合。

私はこの街が好き。

ＪＲの新橋駅で降り、未来都市そのままの立体歩道を歩く。晴れた日なら、すぐ近くに品川の海を見ることが出来、そして潮のにおいを感じることもある。

私がここを歩く時は、朝のラッシュをとっくに過ぎているので、人影もまばらだ。

そんな時、発声練習をすることもある。

「ア・エ・イ・ウ・エ・オ・ア・オ」

私は女優だ。女優といっても、電車で劇場に通うぐらいなのだから、ふつうの人はまず顔を知らないと思う。

が、そんなことはあまり気にならない。テレビや映画に出る女優だったら、顔が知られていない、無名ということはつらいことだろう。けれども私は舞台の女優だ。劇場に足繁く通う人でなくては、私の名前と顔を知らないだろうと割り切っている。とはいうものの、私は自分のことを女優と名乗るのはまだ恥ずかしい。初対面の人に私の職業を告げると、たいてい言葉に詰まる。

この平凡な女がなぜ……といった表情がその顔に表れている。女優というと、もっと華やかで美しい女を連想するからだろう。

私は彼らの気まずさを救ってやるために、こんな冗談を言う。

「女優といっても、舞台でミュージカルやってますから、歌を歌えれば容姿は関係ないんです」

といっても、これは謙遜《けんそん》というもので、数十倍の倍率の中から選ばれたのだ。不器量だったり、華がない女が劇団員になれるはずはない。

こんな話をすると、ミュージカル「コーラスライン」のダンサーの告白のようで、ちょっと照れるが、うちの舞台に立つのは高校生の頃からの私の夢だった。

四国の高松にいた時、うちの劇団の公演があった。ブロードウェイで大ヒットしたあの有名なミュージカルだ。見た人ならわかると思うが、あのミュージカルは豪華絢《けん》爛《らん》な舞台といい、美しいメロディのナンバーといい、本当に名作だ。田舎娘の心をつかむのには充分だったのだ。カーテンコールの際、夢中で拍手しながら、私は自分の頬が濡れていることに気づいた。今でも映画や本で泣くことはあるけれど、ここまで心を揺さぶられたのは初めてだった。そして誓ったのだ。

「私は絶対この舞台に立つんだ」

子どもっぽいと思わないでほしい。この世界に入ってきた者は、たいてい私と同じような道を辿っている。青春時代に見た夢を追いかけて、この場所まで来てしまった人間ばかりだ。

そして私は夢を実現させようと、さまざまなことを考えた。いったいどうしたら、あの劇団に入ることが出来るのだろうか。五つの時から習っていた、ピアノの先生はこう言った。

「それなら芸大に行くことね。あの劇団は案外学歴主義で、芸大の人が大好きだから」

ミュージカルをするのにどうして芸大へ進まなければいけないのか不思議だった。芸大といえば、日本でいちばん難関の芸術大学だ。音楽をやるにしても、美術をやるにしても、なまじのことでは合格出来ない。そもそも芸大というのは、クラッシックが中心でミュージカルとは違うはずだ。

しかしピアノの先生は、劇団のことについて詳しかった。友人がいていろいろ聞いてくれたらしい。

「でも芸大の人は基礎がしっかりしているし才能があるから、ちょっとミュージカルの発声法を積めば、すぐに主役級になれるみたいよ。だからチホちゃんも、ミュージカルをやるんだったら芸大よ」

私の猛勉強が始まった。それまで私は地元の短大に進み、幼稚園の先生になろうと考えていたのであるが、急きょ志望校をぐんと上げたのだ。

高松というところは、有名なオペラ歌手の林康子を生み、音楽教育の盛んなところだ。他の地方都市に比べれば、音大に進む率も高いかもしれない。しかし私立の音大ではなく、天下の芸大進学となると、高校の担任もひるんでしまう。東京へレッスンに行くぐらいの環境でなければ、合格はむずかしいと、はっきりと言われたこともある。

芸大のピアノ科に合格した何年か前の先輩は、医者の娘だったので週に一度、飛行機に乗って上京していたそうだ。父が公務員のうちにそんな余裕があるはずはない。落ちてモトモトと家族共々言い合い受験したところ、私はなんと合格したのである。

あの時は本当に嬉しかった。自分が確実に夢に向かって近づいているという手ごたえを感じたものだ。そして私より舞い上がってしまったのが母で、まわりからよっぽどおだてられたのだろう。

「芸大に行けばちゃんとしたオペラ歌手になれるらしいよ。だから何もミュージカルをやろうなんて思わなくたっていいよ」

としきりに言い出したのだ。

しかし私の決心は変わらなかった。ドイツ歌曲を専攻したけれども、卒業の年に劇団の研究生テストを受けたのだ。それに芸大に四年も通えば、自分の才能がどのあたりかちゃんとわかってくる。クラッシックの世界でプロになれるのは、ほんのひと握りの人たちなのだ。

芸大というところは、外で噂されているほど金持ちばかりではない。うちのような公務員やサラリーマンの子どももいる。しかしバイオリンやピアノを学ぶ男子学生は、幼い頃からいい楽器を与えられている、いい家の息子ばかりだ。田舎のふつうの女の子がよほど珍しかったのだろう、私はその中のひとりから声をかけられ、しばらくつき合ったことがある。

家に誘われて行ったところ、池田山という高級住宅地に建つ、ひときわ豪壮な邸におじけづき、上品なお母さんの矢継早《やつぎばや》の質問にすっかり閉口してしまった。

「卒業したら、どこかに留学なさるの」

「いいえ、うちにはとてもそんな余裕はありませんから」

「試験を受けて奨学金を貰えばいいじゃないの。声楽家になるなら、やっぱり若いうちにヨーロッパへ行かなくてはね」

「いいえ、私はミュージカルをやるつもりですから。来年研究生の試験を受ける予定です」

その時彼女はまぁ、と言ったきり黙ってしまった。何も芸大へ行き、ミュージカルをすることはないだろうという思いが、露骨に表れていた。

担当教授の方がよっぽど理解があった。

「君の声だと、あそこが合っているかもしれないね」

毎年芸大から何人かを、あの劇団に送り込んでいる。そちらで芽が出れば、〝万年失業者〟のようになりかねない、売れないクラッシック歌手の方よりずっといいかもしれないと教授は言った。

「だけどあそこへ行くと、またいちから発声法やらされるからね。覚悟しといた方がいいよ」

教授はこともなげに言ったものだ。まるで私が合格するのは当然のようにだ。

試験当日、会場は美しい女で溢れていた。いかにも舞台映えしそうな、背の高い美しい女たちだ。けれども私は二千人の応募者の中から、六十人という中に入った。

「芸大卒」というのは、やはり強かったのだ。

私は有頂天になった。願えばすべてかなうのだ。私には絶対無理と言われた芸大に合格し、そして劇団にも入ることが出来た。私の未来は、選ばれた者だけが歩む、はっきりとした広く舗装された道路だと私は傲慢にも思ったのだ。まぁ、仕方ない。あの時はしゃがなくて、いったいいつはしゃぐんだろうと、三十三歳になった私は、懐かしく思い出すのだけれども。

小田急線のずっとはずれ、山の手にある稽古場で、カリキュラムに基づいたレッスンを受けた。もちろんダンスもあって、これは長いこと、私の悩みの種となった。それまでダンスなど一度もしたことがなかったからだ。

劇団を受ける時、何人かの人にこう教えられた。

「芸大卒を採るからには、歌を歌える人が欲しいんだからね。すごいダンスシーン踊る時には別の人を使うんだから、踊りのことは心配しなくていいよ」

とはいうものの、舞台に立って恥ずかしくない程度の踊りは踊れるようにしなくてはならない。なんとかみなの動きについていけるようになるまで、一年近くかかったかもしれない。

そしてこれも聞いていたことだけれども、発声法を変えるレッスンはかなりきつかった。ここまで変えられるとは思ってもみなかったので、「芸大卒」のプライドをかなり傷つけられることになった。クラッシックの発声というのは、喉を奥まで思いきり大きく開け、自分の体を楽器にする。そしてその楽器から奏でる音色を聞かせるのだ。

しかしミュージカルの発声法は、声の美しさを聞かせることよりも、発音を第一とする。とにかくセリフが命なのだ。そのため教師に何度も注意された。

「芸大で学んだことは全部捨てて頂戴」

と言われた時、後悔しなかった、というと嘘になる。そしてレッスンが始まり半年もたたないうちに、私たちは舞台に立つようになった。背景の樹や子ども劇場のこびとのひとりになったり、お姫さまの後ろでゆっくり動く柱時計になった。

よく私は人から質問される。

「そういった端役をやる時、後ろから主役の人を見て、ナニクソ、いつか私も、っていう気持ちになるんでしょう」

それはドラマや映画の見すぎよ、と私は笑う。主役のスポットライトがあたる女のまわりで、私たち端役の女たちがめらめらと嫉妬の炎を燃やしているかというと、そういうことは全く、といっていいほどない。

団員数が六百五十人を越えたあたりから、うちはスターシステムをやめたと多くの人は指摘する。スターを育てることよりも、劇団員のレベルをアップさせ、均一にし、うまくローテーションを組ませる。それによって前の演し物《だ》では主役を演じた者が、次の演し物では「侍女その一」ということが起こり得るのだ。

現に私も何度か準主役を演《や》ったことがある。男性が主役の時の相手役という、見方によってはヒロインだ。しかしそんな時も個室を与えられない。他のベテラン女優たちと一緒の部屋で、かえって気を遣うぐらいだ。

多くの人がイメージする主役、ある日突然抜擢され、夢心地のうちに個室と付き人、みなはお姫さま扱い、ということはうちの場合はまずありえない。

なにしろ東京だけで、うちの劇団による五つのミュージカルがかかっているのだ。それに地方をまわる子どもミュージカルを入れれば、毎日大変な数の俳優とスタッフが動いていることになる。団員六百五十人に宣伝や広報、オーケストラ、照明や音響といったスタッフを入れると千人を越え、ちょっとした企業だろう。私たち女優は、ここで働くOLだ。しょっちゅう配置替えと転勤を命じられる、嫌な〝上役〟と時々キスをさせられることもある、不思議なOL。

私はついこのあいだまで、子どもミュージカルの一員として、ずっと旅まわりをしていた。ビジネスホテルに一泊すると、もう次の町に向かうというあわただしい旅だった。そして先月から、この都心の、埋め立て地に出来た新しい街の、客席千五百の劇場に通っている。演し物は、私がこの世界に入るきっかけになったあのミュージカルだ。世にも美しいメロディのナンバーがぎっしりと詰め込まれている。私が世界でいちばん素晴らしいと思うミュージカル。しかし私はヒロインではない。アンサンブルといって、後ろで歌うひとりだ。けれども私の大好きな歌を歌う。イギリス人の作曲家がつくった、甘いロマンティックな歌。どうして人間が、こんなに美しいものを創り出すことが出来るんだろうかと、歌うたびにいつも思う。男と女の混ざりぐあいを配慮して創られた和音の素晴らしさ、主旋律が遠去かり、また近づくようになっていて、私は歌うたびに身が震える……。

そう、劇団は私たちにOLになるように仕向けているのに、私たちは相変わらず、ずっと「役者バカ」のままなのだ。こんなに美しい歌を歌えるなら、舞台に立てるならば、私は何もいらないと思う。ふつうのOLと同じぐらいの収入も気にならない。ワンルームのアパートも我慢出来る。そして結婚も出来ず、三十三歳になったことの不安も湧いてこない。

お芝居がはねた後、私たちは時々飲みに出かける。人工的につくられたこの街にも居酒屋はある。高層ビルのレストラン街にある、やや高めの居酒屋。ここで焼酎を飲みながら、みんなあれこれ噂話をする。私と同じアンサンブルで歌っている仲間が言う。このあいだのオーディションに、女優の長谷川るりが来ていたというのだ。るりは、テレビで売れている女優で、何年か前に主役のドラマが大層話題になったことがある。その後は正直言って落ちめといっていいが、最近バラエティに活路を見出し、「元大女優」というキャラが案外受けているようだ。

うちの劇団は時折オーディションを実施し、新しい血を導入する。プロも応募してくるため、時折びっくりするような有名人がやってくることがある。

けれども長谷川るりというのは驚きだった。テレビという世界でぬくぬくと生きてきた女優というイメージがあったからだ。

「ごくふつうに履歴書と写真を送ってきたって、整理に駆り出された若いコがびっくりしていたわよ」

オーディションにも、一般人に混じってふつうにやってきたというので、私は彼女のことを見直してしまった。おまけに彼女はずっと先生についているということで、ダンスもなかなかのものだったという。歌もクラッシックの発声でちゃんと歌ったそうだ。

「あの人だってもう四十過ぎてるんだから、必死で何とかしようと思ってるんじゃないの」

「そうよね。このあいだもバラエティ見てたら、大女優気取りの勘違いおばさんのキャラやってるの。あの人気があった時知ってるから、ちょっと痛々しかったわ」

「でもえらいよ、そうしながら着々といろんなレッスン受けてるんだからさ」

「そりゃ、そうだよ。芸能人やってる人で、今のままでいい、と思っている人なんかひとりもいないよ」

そのままみんな押し黙った。それぞれ自分のことを考えているのだ。私は先日母から届いたメールを思い出した。それはいつもどおり見合いを勧める内容だ。今だったらまだ間に合う。〝芸大卒〟という肩書きで、いい話が来ている。地元の大病院に勤める内科の医師（カッコして京大卒ですとあった）が、私に興味を示しているという。

「せっかく芸大を出たというのに、今のままでどうするつもりなの。ずるずるミュージカルの端役を続けるつもりですか」

だけどさぁ、と野村さんがグラスを高く掲げた。もう五十を過ぎている。ミュージカルの中で、首をくくられて殺される老人の役を演じている彼は、まさに〝ザ・端役〟かもしれない。若い頃から老け役がうまく、それを重宝がられて、いい役がつかなかったという人だ。

「オレたち、こんなに好きなことでメシを食べられるんだから、本当に幸せじゃないか。ここに来るのだってさ、マチネの始まる前だから、お昼のちょっと前でいいだろう。空いてる電車でのんびりと来るよな。だけどサラリーマンを見てみろよ。新橋の駅まで来るのに必死だぜ。ネクタイ締めてさ、死ぬほど混んでる電車に乗ってさ。オレだったら一日ももたないよね。そこへいくと有難いよなぁ。好きなことして、楽しく一日が終わってうまい酒飲んでさ……」

でも劇団側は、そういう私たちの心を利用してるんじゃないかしら、とふと思ったりもしたのだが、彼の名調子につられて素直に頷いた。

「そう、そう、今日、広報の倉本さんに聞いたんだけど、ロビイに立ってたら、深沢裕人がいたんだって。ひとりでいたけどすごく目立ってたって。芸能人もよく来るけど、やっぱりちょっと違うなぁ、って感心してた」

「あの人って、よくこの街に出没するみたい」

誰かが言った。

「どっかの会社の女の子とつき合ってたり、別の子とここのホテルにも来たりしてるんでしょ。なんかへんよね」

「ここのマンションに住んでるっていう話だけど」

「愛人のうちだって。それで通ってるみたい」

「私、この上の階の鮨屋で見たことある。確かに女の人と一緒だった」

「神出鬼没か。まるで〝オペラ座の怪人〟みたい」

みなが笑った。私も一緒に笑いながら、母のあのメールはいっさい無視しようと決めた。高松では三十三歳というのはとんでもない年齢だろうが、この東京ではそうでもない。四十過ぎた有名女優が、無名の若者に混じってオーディションに来る。それが芝居の世界なんだ、それが東京なんだ、と言っても母にはわからないに違いないけれども。そう思いながら、私は四杯めの焼酎を飲む。

第十話
派遣スタッフ・飯田美菜子の場合。

私の勤める三十六階からは、東京湾とその先の羽田空港がよく見える。飛行機が重たげに、ゆっくりと銀色の翼を降ろしていくさまもよく見えた。

羽田空港、そこはかつて私の職場だったところだ。

二年前まで私は、客室乗務員としてあそこに通っていた……というと、たいていの人はこう問うてくるのだ。

「ねぇ、せっかくスチュワーデスやっていたのに、どうして派遣の受付やってるの」

これを説明するには、かなり長い話をしなくてはならないだろう。が、めんどうくさいのでこう言っておく。

「ずっとあの仕事やってると、本当に疲れちゃうのよ。ここいらで、ちょっと違う仕事をしてみるのもいいかなぁと思って」

「でも、それにしたって」

と、相手がさらにしつこく喰い下がってくることもある。

「スッチーやってたら、もっと華麗な転職があったんじゃないの。たとえば外資のホテルのフロントするとか、海外ブランドのプレスするとかさ」

こういうことを言うのは、客室乗務員のことをよく知らない人だ。飛行機に乗る女というのは、うちの会社だけで五千人いる。転職するにしても、みんながみんな高給の素敵な職場に行けるわけではない。聞けば驚くほどいろんな職場に散っている。パティシエになった者もいるし、芸能プロダクションのマネージャーになった者もいる。私は、何も考えずに、ラクチンな道を選んだことになる。

会社を辞めてしばらくたった頃だ。本社の客室部から一通の手紙が届いた。もし働く意志があるのならば、職場を紹介したい。ぜひ連絡してくれというのだ。

私たち客室乗務員というのは、入社してすぐの三ケ月は、研修センターというところに入れられる。そこでは語学はもちろん、徹底的にマナーを教え込まれるのだ。喋り方から、指先の伸ばし方、お辞儀の角度までマニュアル通りに訓練される。客室乗務員がみな、一種独得の雰囲気を漂わせているのはこのためだ。いちばん感じよく見える笑い方も、私たちは習得している。

一説によると、一人前の客室乗務員を育てるために、会社は一人三百万円かけているそうだ。つまり元手がたっぷりかかっているものを、みすみす他の企業に取られるのはもったいないということらしい。会社はさまざまな受け皿をつくった。退職した客室乗務員を、グループ内の派遣会社に登録させ、これまたグループ内のさまざまな会社に振り分けるのだ。そして私が紹介されたところが、本社の受付であった。私が辞めてすぐ後、本社は羽田から引越した。この引越しのことはニュースにも出たらしいが、私は何も知らない。会社を辞めてすぐは寝てばかりいた。夜の九時には眠くなり、次の日の昼過ぎに起きてくるという生活であった。うちの母などは、体がどこか悪いのではないか、と本気で心配していたくらいだ。たぶん長い間の疲れが出たのよ、と私は答えた。

大学を卒業して、十年間空を飛んでいた。私が乗務していたのは国内線で、羽田を朝飛んで大阪へ行き、そして福岡へ行って帰ってくるといった、かなり過酷なスケジュールであった。国際線に移るチャンスも何度かあったが、そうしなかったのはもっと体がきつくなるのに耐えられそうもなかったからだ。それより何より、この仕事についてすぐ辞めることばかり考えていたことが大きい。

たいてい、いや、すべての客室乗務員がこう言うはずだ。

「私たちの仕事って、世間の人たちが考えてるようないいもんじゃないんですよ」

だけど彼女たちは辞めない。いい相手を見つけるか、いい職場が見つからないうちは辞めない。私のように「何となく」辞めてしまった者は本当に珍しいだろう。

ここであの仕事のつらさをこと細かく話すつもりはないけれど、国内線の客にどんなレベルの人たちが混じっているのか、まぁ、ふつうの人にはわからないに違いない。

「ねえちゃん、ねえちゃん」

と呼ばれ、くだらないことに難癖をつけられる。

まぁ、それは我慢出来るとしても、先輩たちの意地の悪さに、どれほど悩まされてきただろう。こちらを頭のてっぺんから爪先までじろりと見るあの視線。

「痩せたわね」

と言われたので、ダイエットしましたと答えると、

「じゃ、リバウンドに気をつけてね」

とくる。もし太ったりしたら大変だ。

「あら、ブラウスの背中から、お肉が揺れているのが見えるわよ」

冗談めかして言うのではない。冷たく、こちらを制するような口調だ。同じチームで、嫌な先輩にあたったりすると、もう私の幸福は半分もぎ取られるのも同じだった。あの狭い閉じられた職場の中で、気の合わない人と一緒に働くことの苦痛は、客室乗務員だけが味わうものだ。けれども大半の人は、それに耐えることが出来る。耐えながら、合コンに出まくり、「若いスッチー」の特権がある間に、いい相手を見つけようとする。全く同僚たちの、合コンのスケジュールのすごさを教えてやりたいくらいだ。前の晩遅いフライトで、くたくたに疲れきっていようと、医者や商社マンとの合コンとなると、化粧も完璧にし、とびきりの笑顔で席に臨む。

私だって彼女たちと同じように合コンに精を出した時期もある。けれども、どれもうまくいかなかった。そして私は今、ここにひとりでいる。本当ならば、みじめになってもいいのだけれども、それはまるでない。人に言っても信じてくれないかもしれないけれど、私は今の生活にとても満足しているのだ。

この仕事をして初めてわかったのだが、派遣の受付というのは、世間からあまりいいイメージを持たれていないようだ。

若くて顔が綺麗で、あわよくば大企業のエリートを手に入れたい、と考えている女たち、というのがおおよそのイメージらしい。商社でOLをしている友人も、私の今の仕事を告げると、「えー、ハケン、ウケツケー」と奇妙な発音をした。

「うちの会社も、派遣会社から可愛いコをずらり揃えてるわよ。新しい受付のコが入ってくると、男どもが大変、みんな競争で誘いっこをやってるの。たまに受付のコと、本社の男が結婚するけど、そういうのは永遠にバカにされるわね。少なくとも女たちからは総スカンね」

三十を過ぎたとたん、すっかり口が悪くなった彼女は、「総スカン」と言う時、憎々し気に口をゆがめたものだ。

しかし、うちの会社の受付は、全くそんなことはない。平均年齢が三十半ばの受付スタッフだ。十五人いるが、全員が元客室乗務員だ。そして私ともうひとりを除いてみんな結婚している。寿退社をした女たちが、夫が帰ってくる時間までに出来る仕事としてここに来たわけだ。だから夕方近くになると、みんなそわそわし始める。八時四十五分から五時まで、九時から五時十五分、九時十五分から五時半まで、という三つのグループに分かれるのだが、五時半の組に入ると、みんなの夕食の予定を聞くことになる。

「ねぇ、今夜はおたく、どうなってるの」

三十歳の人妻、登史子さんが、三十二歳の可奈さんに聞いている。二人とも子どもはまだいない。

「もうちょっと、二人だけの生活をしたいから」

なのだそうだ。

登史子さんの夫は商社マンで、可奈さんの夫は洋酒メーカーに勤めている。どちらも合コンで知り合ったということだ。二人共、夫のことが好きで好きでたまらないらしい。

「好き嫌いが多くて」

「うちもそうよ。ピーマンとブロッコリーが嫌いなんて子どもみたいでしょう」

などという話を喜々としてやる。小声で話しているつもりらしいが、後ろの談話室に聞こえたらどうするつもりなんだろう。

談話室と呼ばれる商談用のブースが十部屋ほどあって、そこにお茶を持っていくのも私たち受付の仕事だ。といっても、お茶もコーヒーも自動メーカーで淹れる、あまりおいしくないものだ。せめて景色をご馳走したいと思うらしく、リクエストのうるさいことといったらない。

「大切なお客さまなんだから、絶対に窓ぎわの部屋にしてくれよ」

しょっちゅう言われる。一度、お客さまのダブルブッキングをしてしまったことがある。いや、あれは何と言ったらいいのだろうか。部屋を間違えて、それぞれ会社の人を別の相手のところへ案内してしまったのだ。

あの時は課長のところに呼ばれ、かなり叱られた。

「困るよ、うちの場合、こんなミスが命取りになるんだからね」

たまにこんなことがあるけれども、私たちは大切にされている方だろう。他の会社の話を聞いていると、信じられないようなことが起こるようだ。派遣の受付というだけで、他の女子社員からはいじめられる。二、三年勤めようものなら、

「早く若いコと交換してもらわなきゃ」

と露骨に言われるそうだ。うちの（と、そう言ってしまうところが、私たちがいか

に恵まれているかだと友人は言う）場合、私たちがみんな元社員の客室乗務員だということを知っているため、社員の人たちも変な扱いはしない。そもそも受付の女性の平均年齢がこれほど高いところはどこにもないだろう。

ここに勤めている女たちはみんなおっとりとしていて、これといったいさかいやトラブルはほとんどない。いただきもののお菓子はみんなで分け合い、仕事のシフトはそれぞれ融通し合う。不満といえば、もちろんお給料のことだ。一流会社の派遣の受付の給料が、コンビニの深夜の時間給と同じぐらいだなんて、ちょっと信じてもらえないと思う。だけど本当のことだ。他の女の人たちはいい。みんな結婚しているのだから。私もひとり暮らしだったら、とてもやっていけなかっただろう。

そう、私は今の言葉で言うと「パラサイト・シングル」というやつだ。生まれてからこのかた、ずっと実家で暮らしている。大田区の久が原というところは昔からの住宅地だ。羽田に勤務している時は、とても都合がよかった。今も交通の便はそう悪くない。

うちの父はこのあいだ定年退職だったが、別の会社で顧問のようなことをやっている。今でもまああの収入があるらしく、私ひとりが寄生していてもどうということもないらしい。母はよく文句を言うが、そのわりには朝ご飯も夕食も凝ったものをちゃんとつくって食べさせてくれる。たまにお弁当を持たせてくれるが、これにはみんなから呆れられた。

「三十過ぎた娘が親にお弁当をつくらせるようじゃ、あなたやっぱりお嫁にいけないわね」

私も少々恥ずかしくなり、よほどのことがないと持っていかないようにしている。

私たちが働くビルの一階のフロアは、いろんなフーズのショップになっているのだが、お昼どきはさながらお弁当広場になる。幕の内や焼肉、トンカツ弁当といったものはもちろん、アジアンテイストや韓国風とうたったものもなかなかいける。場所柄サンドウィッチ類は充実しているし、ベーグル屋さん、サラダ屋さんもある。天気がよかったら、昼休みを一緒にとる仲間と、ビルの前のテラスで食べるのも楽しい。海が近いせいか、潮のにおいを感じることもあり、私はそんな時、なんともいえぬ幸せな気分になる。シュリンプサンドはとてもおいしく、スタバで買ったカフェ・ラテも香りがよい。

誰かが最近この街に起きた伝説を語り始める。俳優の深沢裕人が、やたらこの街に出没するというのだ。

「埋め立てられる前、漁師町だった頃、ここに住んでいたらしいわよ」

「今つき合ってる彼女が、そこのツインタワーに住んでいるんだって」

みんな勝手なことを言うけれど、私は彼を見たことがない。客室乗務員時代、有名人には慣れていたはずなのに、みんな急にミーハーになったようだ。

ランチはおいしく、お喋りも楽しい。そんな時、私は体中からわくわくするような力を感じる。

生きていてよかった。

こんな風に東京で暮らしていけてよかったと、心から思っているのだ。

そんなことを母に言おうものなら、あの悲鳴に近い声をあげられるに違いない。

「美菜ちゃんたら、三十二にもなって、ちゃんとした会社も辞めちゃって、結婚も出来ないで、どうして幸せだなんて思えるの。どうして焦ったり、悲しいと思ったりしないのよッ」

だけど私は母に聞きたい。三十過ぎたからといって、結婚出来なかったからといって、どうして悲しくならなきゃいけないんだろう。小説やドラマを見ると私のような立場の女は、いつもつらい思いをしていることになっている。
「どうして私って、こんな風になっちゃったんだろう。本当に運が無いのよねぇ」
と言って、ひとりお酒をあおったりすることになっている。けれども私にはそんなことよりも、ひとりで生きている自由の方が楽しい。それも実家から通っている、孤独を知らない自由。甘ちゃんだと言われながらも、私はこれを充分に満喫しているのだ。

そして私はこの自由を、未来のために使おうとは全く思わない。何かを学んだり、海外に留学しよう、などとは思わない。どこかに転職する準備をしよう、という気持ちも起こらないのだ。

もし誰かと知り合って、その人と結婚ということになればいいかなと思う。けれどもそのために合コンに精を出したりしようとも考えなくなった。

実は客室乗務員を辞めてすぐの頃、人数合わせの合コンに何度か出たことがある。積極的に近づいてきた人もいた。しかし彼らは、私がもう退職したと知ると、一瞬鼻白んだ表情になる。男というのは本当に「現役好き」なのだとつくづく思った。彼らは単にスッチーとつき合いたいだけで、「元」がつくと、興味は十分の一ぐらいになるらしい。

別に腹が立ったわけでもなく、現実はこんなものだろうと思っただけだ。ただそれで合コンに行くのがすっかりめんどうくさくなった。

私は朝早く起き、駅までの道を歩く。住宅地の生け垣に朝の光があたり、キラキラ光るのを見て、あぁ綺麗だなぁと思う。犬を連れている人と何人もすれ違う。犬はとても可愛い。可愛くない犬もいるけれども、飼い主とゆっくり散歩する様子を見るのが好きだった。

そして私は電車に乗り、新橋の駅で降りる。そしてまた立体歩道を歩いて会社へと向かう。受付の席に座り、「いらっしゃいませ」と微笑みかける。そして頼まれると、接客ブースに行ってお茶を出す。ランチにはおいしそうなお弁当を選び、使っていない会議室で食べる。そして五時、もしくは五時十五分になると、

「本日の業務は終わりました」

というプレートを出し、また電車に乗るために駅に向かう。こんな私が、空を飛んでいた頃、激しい恋をしていたり、不倫の経験もある、などというのは自分でも信じられない。客室乗務員の不倫というのは案外多くて、お金と家庭を持った男性につい

惹かれてしまう。

私も何となく、二人の子どもを持つ男性とつき合うようになった。適当なところでやがて終わろうと思っていたのに、ずるずると五年間も続いてしまった。男の人が結構本気になって、妻と別れると言い出したので、話がこんがらがってきたのだ。

私は昔から、めんどうくさいことが大嫌いだった。修羅場とか、泥々のナントカというのはもってのほかで、とにかくその場を丸くおさめたいタイプだ。向こうの奥さんや子どもを苦しめるということも嫌だったけれども、うちの親を泣かせるなどというのはもっと嫌だった。もし私が略奪婚などしたら、父や母はどんなに嘆くだろう。決して祝福はしてくれないはずだ。私はそれよりも彼と別れることを選んだ。

「君は本当に世間知らずの甘ちゃんだよな。そうやってまわりの人を傷つけていくんだ」

と最後に彼は言ったけれども、あまりこたえなかったから、本当にそうなのだろう。

私は今、人生に向かってがむしゃらになるのはとても恥ずかしい、と思うようになっている。ガツガツと毎日を生きて、それ結婚だ、それ転職だ、と言っている人たちは、みんな余裕のない顔をしている。あまりにも向上心がありすぎる女というのは、毎日を楽しく暮らすことが出来ない。私はこういう女たちを、客室乗務員時代にさんざん見てきた。

自分はたいした学校を出ているわけではない。たまたま採用試験に受かっただけだというのに、それだけで自分が選ばれた、特別の存在だと勘違いしている女がたくさんいた。相手の出身校は、あそことここでなくては嫌、医者か弁護士、商社マンか一流広告代理店と男たちに条件をつけ、それこそ目を血走らせて、合コンに参加している女が何と多かったことだろう。プロ野球選手と結婚までこぎつけたくて、そりゃあみっともないことをした女も知っている。

野心というのは女を醜くさせる。これは本当のことだ。

いま派遣の受付となった私は、穏やかなやさしい日々を手に入れた。朝日を眺めながら家を出、帰る電車の窓から夕陽を見る。これがどれほどの幸福感を私にもたらしてくれるだろうか。

こうして私は三十三になり、三十四になるのだろう。けれども老いていくことも、そう悪くないかなあと私は思ったりする。

母が言うとおり、私は本当に変わっているのだろうか。

第十一話
歌手・水木玲奈の場合。

夢を見ていた。

名古屋公演に向かう新幹線の中で、私はぐっすり眠り続けていた。マネージャーの由良さんに起こされるまで、私は身じろぎもせずに眠っていたらしい。

「ヨダレを垂らすんじゃないかって思うような眠り方だったよ」

由良さんがからかう。

でもそれは本当のことだ。私は新幹線の中が一番眠れる。それはいつもグリーン車の車輛の半分を、押さえておいてくれるからだ。由良さんの他に、付き人のサエコさんとユータ君、ヘアメイクのキョウコさんにネイリストのミチルさん、スタイリストのキョーゾーさんにアシスタントのエミちゃん。これらの人たちは私の家族のようなものだ。みんなでお弁当を食べたり無駄口を叩いたりしているうちに、私はうとうとと眠くなる。そうすると窓際の席にひとり移り、帽子を深く被って目を閉じるのだ。ふだんの私は、熟睡することが出来ず、何度も目を覚ましてしまう。由良さんに止められるのだけれども、睡眠薬を手離せない。けれども新幹線の中だと、すぐに眠りに落ちることが出来る。仲間たちの低いお喋り声を聞きながら、ゆっくりと意識を失くしていくのはとても気持ちよい。

よく意地悪なマスコミに、

「レナの民族大移動」

と書きたてられるけれども、私が旅する時にはこれだけの人数と空間が絶対に必要なのだ。

そして私は夢を見ていた。暗い海と海岸が続く小さな村。そこで一頭の馬が走っていた。古い映画のような、粒子の粗い風景が続いている。馬は止まらない。ひたすら走っている。夢の中で私は何か言っている。「止まれ」なのか「もっと走れ」なのかよくわからない。ただ精いっぱい大きな声で叫んでいるところで、由良さんに起こされた。

「レナ、レナ、そろそろだよ」

そして目を開けた私はびっくりした。窓の外に夢と同じ風景が拡がっていたからだ。が、それはすぐに浜名湖だとわかった。くもった暗い日だったので、湖は暗く荒れた海に見えたのだ。

「夢を見てた。伸二が生まれたところの夢なの……」

思わず声に出してしまいそうになり、あわてて深呼吸した。五年も私についてくれた由良さんを信用していないわけではない。けれども私と彼との交際を、はなから事務所は喜んでいなかった。今どき二十代の女に恋人はいないはずはなく、芸能人同士のつき合いが発覚してもマイナスにはならない。しかし深沢裕人という俳優は暗いイメージがつきまとい、女性関係もよく取り沙汰される。

「水木玲奈という名前が、そこらの女性タレントと一緒に並べられて、ワン・ノブ・ゼムみたいに扱われてもいいのか」

事務所の社長にかなりきつく言われた。

「水木玲奈と深沢裕人がついに破局」

という大きな記事がでかでかと出たのは、うちの事務所の策略だと思う。しかしこんなことに怒るほど私はねんねではない。最初のデビューの時、売り出しのために、会ったこともない人気タレントと「熱愛中」ということになったこともある。今も年齢を二つ誤魔化しているけれども、私のCDが売れている間は、どこのマスコミも口をつぐんでくれるはずだ。

私が思うに、たいていの芸能人が「忘れたい過去」を持っていると思う。デビューしたとたんすぐにスターになった人は別にして、誰だって、つらい記憶、あるいは恥ずかしい記憶を持っている。

最近よくインターネットで、昔の私の写真が流れているらしい。アイドルグループのひとりとして歌っていた時代の写真だ。ひどく野暮ったいミニスカートをはいた女の子が五人、わざとらしい笑いを浮かべているはずだ。いちばん左の、背の高い女の子が私だ。今から九年前、博多の女子高校生だった私はバンドをやっていた。友人に勧められてテープを送ったところ、電話がかかってきた。前の事務所からだ。すぐに会いたいというのだ。私は自分の歌を気に入ってくれたと思ったのだがそうではなかった。「シュガー・チェリーズ」というアイドルグループを結成する途中で、最初予定していた女の子がソロデビューすることになった。それでてっとり早く歌を歌える

女の子ということで、私に声がかかったというわけだ。もちろんオーディションはあった。その時、

「歯をすぐに直してね」

ときつく言われたのがとても嫌な思い出として残っている。確かに私はちょっと目立つ八重歯があったのだ。事務所が紹介してくれた歯医者へ行き、歯を抜いたり削ったりした。数十万かかったはずだが、それはうちの親が出してくれた。私の東京行きに反対していた父に、そんな大金を使わせたことはとても心が痛んだ。けれどもそんなことは序の口だった。

デビューはしたものの「シュガー・チェリーズ」は少しも売れず、地方のイベントや、デパートの屋上の仕事がせいぜいだった。盆踊りに駆り出されたこともある。事務所から貰うお給料だけではとても生活出来ず、ずっと親から仕送りをしてもらっていた。グループの中でいちばん可愛かった咲子は、うんと金持ちのおじさんの愛人をしてたんじゃないかと思う。

それでも終わり頃になると、ちょっぴり売れ出し、テレビ出演もするようになった。民放の歌番組に初めて出た時の嬉しさは忘れない。よく知っているスターがずらり顔

を並べていたので、私たちは大はしゃぎだった。マネージャーに連れられ、先輩の楽屋をひとつひとつ訪ね挨拶をした。中でも私たちがいちばんわくわくしていたのが、人気絶頂の「ブルーネット」の楽屋だった。彼らも五人、私たちも五人、ちょうどいいじゃんと咲子がふざけて言ったのを憶えている。

マネージャーがノックして、中に入っていった。

「おハヨーございます。今日ご一緒させていただくシュガー・チェリーズです。よろしくお願いします」

それに対する彼らの態度はあまりよいとはいえなかった。驚いたことにみんな煙草を吸っていた。そして、「あ、どうも」とか「よろしく」といったあたりさわりのない言葉をだらしなく言っただけだ。たぶん私たち五人は好みではなかったのだろう。その時、伸二だけが私たちを見てニコッと笑いかけてくれた。真白いとても綺麗な歯で、煙草を吸うとは思えなかった。この人も私と同じように歯医者に行ったんだろうかと、ぼんやりと思った。

そして次に会ったのは、それから二年後、今から五年前のことだ。伸二は歌って踊れるアイドルから脱却しかかっていて、ドラマや映画に出始めた頃だ。私の方はもっと大きな変化があった。グループ解散をきっかけに、自分の歌で勝負しようと心に決めた。デモテープを持っていろんなところをまわったところ、ひとつだけのってくれた会社があった。ＩＴ関連の会社が出資した、出来たばかりのレコード会社だ。そこから再デビューを図ったところ、初めての曲「give me give me!」がいきなりミリオンセラーになったのだ。私の幸運はそれだけではなかった。次はなんと二百万枚売れ、私はあっという間に「カリスマ」とか「現代の歌姫」と呼ばれるようになったのだ。

そんな時、雑誌のグラビア撮影で伸二と再会した。男性誌の企画で「いまいちばんおしゃれなふたり」といったような内容だったと思う。マネージャーの由良さんは、

「深沢裕人とじゃ、ちょっと格が違う」

とぶつぶつ言っていたが、仲のいい編集長からの頼みで断われなかったのだそうだ。

その時の伸二は本当に素敵だった。もちろんスタイリストが用意したものだけれども、グレイの麻のジャケットを着ていてとても似合っていた。新品なのに彼が着ると「着崩す」という感じで体に瞬時になじんでいくようだ。私はといえば、イタリアブランドの最新のワンピースを着た。これはまだ日本で発売されないデザインで、ブランドのＰＲの人がわざわざミラノから運んできてくれたのだ。五年前、私はもうこの

くらいのスターになっていた。

そして撮るのは高名なカメラマンだ。彼が照明の位置を変えるため、ほんの少しの空白があった。ヘアメイクの人がスタジオの隅から私に近づいてくるわずかな時間、伸二は私にこうささやいたのだ。

「顔、すごく変えたじゃん。前もさ、オレ、可愛くって好きだったけど」

再デビューの前、私は事務所とも相談して整形手術を受けた。目と鼻、顎を直した。そんなに大きく直してはいないと医師は言ったけれど、やはり私の顔は以前よりずっと美人に華やかになっていった。この時、メイクもうんと凝った最新のものに変え、私の大きな変化はこのためだと人に言い、自分でもそう信じ込もうとした。そして三ヶ月もしないうちに、自分は生まれつきこの顔だったのだと思えるようになった。整形がうまくいくと、みんなそうなるらしい。

とにかく私はすべての成功を手に入れた。美しい顔に数々のヒット曲、毎月振り込まれる桁外れのお金、そして私を熱狂的に讃える人々……。昔の私などとっくにどこかへ置いてきたつもりだった。けれども置き去りにされた私は、ちゃんと今の私を見ていたのだ。そしてそのことは私を苦しめ始めた。兆候はいろんなところに現われた。

この話をすると長くなるのだけれども、毎晩すごい量のお酒を飲むようになっていたのだ。一度クラブで泥酔して腰が立たなくなったところを週刊誌に撮られた。この時は記事を潰してもらうため事務所がいろいろ手を尽くし、バーターとしてこの週刊誌のロングインタビューを受けなければならなくなった……。

まぁ、いろんなことがあった時、伸二の、

「顔変えたじゃん」

というひと言は、すうっと私の胸に入っていったのだ。ふふふ、と私は笑い、彼もハハと笑った。あんな風に気持ちよく笑い合ったのは初めてだったろう。

その日のうちに私たちはケイタイの番号を教え合い、次の次の日デイトをした。そしてそのまま私は彼のマンションに四日間泊まり、仕事もそこから通った。セックスをそう何度もしたわけじゃない。ただものすごく長くいろんな話をした。

「オレもさ、目と鼻を直してるんだ」

と彼は自分の顔を指さした。日本中の女たちをうっとりさせる綺麗な二重の目、これはメスによってつくられたものらしい。

「女はいいかもしれないけど、男にとっちゃかなり屈辱だよな。ま、あの頃のオレって食べられればいいって感じで、何でも社長の言うとおりにしてたから」

スカウトされた時、伸二は十五歳で、女社長は四十歳だった。母親と同じくらいの社長と彼はずっと関係を続けることになる。誘ったのは社長の方ではない。

「オレが襲ったのさ。やめなさい、何すんのよってひっぱたかれたけど平気だった……」

そうかといってやり手で知られる女社長が、彼に溺れていったわけではない。いろんな手段で彼を支配しようとし、彼もそれに向かって戦う。彼の野心と社長の思惑とがからんで、男と女との血みどろの戦いは、彼が事務所を辞めるまでずっと続いたようだ。

しかし彼は、帰国子女のお嬢さま上がりの女社長に、テーブルマナーから、服の選び方、そして本を読む楽しさを学んだようだ。

「そんなことはたいして役に立たなかったけど、どうやれば女が自分のものになるか、一度こっちのものになった女の心を、どうすればがんじがらめにすることが出来るか、なんてことは教わったような気がするなあ」

画面からも、雑誌のグラビアからもそれは伝わってくる。私の心をとらえたのも、彼のあの独得の雰囲気だった。色気というのとも違うし、セックスアピールというと軽すぎる。単に十四になったから恋をし、十六になったから女の子と寝る。こういうふつうの男の子のコースからはみ出した人間のせつなさ、暗い欲望が、彼の顔に漂っている。

とにかく魅力的な男だった。芸能界というところは、魅力を売り物にするところだから、そんな男は山ほどいる。しかし伸二の魅力はそれとは違うのだ。ナルシシズムや自己顕示欲という濁りがまるでない魅力。そうかといって彼が健康で明るい人間というわけではない。彼の野心や資質というのは、内にではなく、外に向けられていく。自分の狙った女に焦点を合わせていく。それは自分のナルシシズムと連動している、俳優やタレントたちの女好きとはまるで違う。

なんといおうか、彼は宿命として女の人を追い求めていくのだ。

女社長との情事も、有名女優との恋もすべて話してくれた伸二が、自分の生まれた町のことを話してくれたのは、つき合い始めてからずっと後のことだ。

「あの町のことを思い出すと、本当にむかついてくる」

と彼は言った。町というからには、私はとても遠い地方のことを考えたのだが、新橋のすぐ近くだったというのだから驚いてしまった。今は埋め立てられ、高層ビルが立ち並ぶあの街が、二十年前まで漁師が住むところだったなんて、どうして信じられるだろう。

「ほら、二人で佃島へ行ったことあるだろう。高層マンションも建ってるけど、小さな木造の家がごちゃごちゃ並んでて、干物が並べられたり網が干したりしてあっただろう。あんな感じだったんだよ」

近所の子どもたちの家もみんな漁師で、親たちは東京湾に舟を出す。江戸前の穴子とアサリは珍重されていい値段で売れた。だからそう貧乏な家の子どもはいなかったという。時々はお小遣いを握りしめて、新橋や銀座まで遠征をする。子どもの縄張りはちゃんとあって、新橋や銀座の子どもと小さな戦いを繰り返した。あの頃は銀座にも子どもがちゃんと住んでいたというけれど本当だろうか。

幸福な少年時代が終わったのは、伸二が中学二年生の時だ。この漁師町を再開発し、新しい街をつくるというプロジェクトが進められた。そのために伸二たち一家は町を出ることになったのだ。お母さんの実家のある田無に移り、お父さんは近くのスーパーに勤めることになった。この時一家は千万単位の補償金、立ち退き料を手にしていたという。

「結局、金が親父を狂わせたっていうことさ」

それまでも競馬ぐらいはちょっとやっていたお父さんが、大金を手にしてギャンブルにのめり込むようになった。お酒もよく飲むようになり、女の人が出来た。ここまではお定まりの話であるが、さらに悲劇が伸二を襲う。お父さんに愛想を尽かしたお母さんが家を出ていってしまったのだ。この時お母さんは男の人と一緒だった。二年後再婚したその男性は、お母さんの幼馴染みだったという。

大学生だったお兄さんは比較的冷静に受け止められたらしいが、伸二は駄目だった。

「あの時お袋は、四十五、六だったはずだぜ。気持ち悪いったらありゃしない。いい年をしたおばさんが、他の男とセックスして、揚句の果て駆け落ちだなんて、ゲーゲー本当に反吐《へど》が出たぜ」

ずっと後で、伸二は精神科の先生にはっきりこう言われたという。

「君の症状の原因は、お母さんなんだよ」

そんなことはとっくにわかっていたと伸二は言う。だから何なんだ。母親が駆け落ちしたのがそんなに悪いことなのか。そのために子どもは一生苦しまなきゃいけないのか。

そう怒鳴ろうかと思ったのだが、連れてきてくれたマネージャーの手前じっと我慢した。その頃、伸二はひどい不眠に苦しめられていたのだ。

不眠だったら私もそうだ。これはインターネットでも流れていることであるが、最近の曲は私がつくっていない。とうに作曲の方は専門家に任せている。また私が詞を書いている曲にしても、私はコンセプトを立てるだけだ。あれこれイメージを並べると、何人かの人たちがパソコンを駆使して、「今の時代に合った」「レナらしい」詞をつくってくれるのだ。

少しずつ少しずつCDの売り上げは落ちてくる。コンサートは未だに代々木体育館をいっぱいにすることが出来るけれど、チケットの完売するスピードが遅くなっているのは事実なのだ。

マネージャーの由良さんが言ったことがある。

「レナ、トップから上は何もない。後は落ちていくだけなんだよ。頂点から落ちていくつらさと苦しみを、いずれレナも味わわなきゃいけない。それはつらいことだけど、それを乗り越えた者だけが、真のアーティストになれるんだよ」

そんなことはとうにわかっている。マネージャーという人種は、いつもそういうことを言って人を脅すのだ。伸二も同じらしい。

今の事務所はタレント操作がうまくて有名なところだ。よくこう言うらしい。

「売れなくなった芸能人ぐらいみじめなものはない」

こうして私たちは追い込まれていくのだ。

私と伸二はよく似ている。芸能人なら誰でも同じような焦りと不安を持っているけれど、誰とでもペアになれるものじゃない。大げさな言い方をすると、私と彼とは魂のあり方がとてもよく似ている。前世で双児だったのではないかと思うほど、同じことに喜び、同じことに苦しんでいる。だから伸二の病も私は引き受けなければいけないと思う。しかしこの病は、女としてはいちばんつらいものだ。

「セックス依存症」

初めてこの名を告げられた時、私は出鱈目《でたらめ》だと思った。

「そんなにあなたに都合のいい病気があるのかしら」

この五年、私は彼の浮気にどれほど苦しめられただろう。共演した女優はおろか、スタッフの女性、果てはファンの女の子まで手をつけた。最近はあの街に出現して、OLを端から口説いているという。

去っていった母親への恨み、自信のなさ、顔を直してつくり笑いをすることの屈辱、さまざまなものが、彼を病へと追い込んでいるのだ。

「どうして私だけじゃ我慢出来ないの」

と叫んだこともある。彼はすぐに謝る。謝ったそのすぐ後、女を探しに夜の街に出かけていく。口説き尽くし、女の手を握る。そして相手が静かに首をたてに振った時、伸二は何ともいえない達成感を感じるらしい。

彼は本当に病んでいるのだ。そして私もゆっくりと病み始めた。薬がなくては眠れない。そしてひどい頭痛がする。新幹線の中でだけ、私は安らかな眠りにつける。死んだように眠るけれど、夢の中にさえ伸二は出てくる。

こんなに人を愛する、ということ自体、私はもう病んでいるんだろう。

エピローグ

深沢裕人の独白。

人間の心というのは、ジグソーパズルのようなもんじゃない。

ここがこうなると、別のところにぴったりとはまる、ここをずらすと、全体がゆがんでくる、なんて絶対におかしいんじゃないだろうか。

たとえば少年犯罪が起こったとする。するとテレビに出てくるコメンテイターといわれる奴らは、したり顔でこう言うんだ。

「家庭環境が悪かったからこうなったんでしょうな」

ところが、この頃、ふつうの家でふつうに育った家の子がおかしなことを次々とするので、奴らもどうコメントしていいのかわからないみたいだ。

オレの場合もそう。

「子どもの頃、母親が出ていったから、女性に対してゆがんだ感情を持つようになった」

なんて冗談じゃない。そんなにわかりやすいことが起こってたまるか、という気分になってくる。

世の中、親が離婚した子どもなんていくらでもいる。そういう子どもがみんなおかしくなるか、といったらそんなことがあるはずはない。

何を言いたいかっていうと、オレはそこらの不幸ぶってる奴とはまるっきり違うっていうことだ。ゆがんだなりのことがある。つまり「選ばれた」っていうことを言いたいわけだ。

オレがそのことに気づいたのは、小学校四年生か五年生だったかもしれない。町の床屋のおばさんが、散髪する鋏《はさみ》の手を止めてこう言うようになったんだ。

「シンちゃんは、大きくなったらすごい色男になるねえ。今に町中の女の子が騒ぐんじゃないの」

その言い方がイヤらしくて、オレはちょっとぞっとした。それまでもクラスの女の子から手紙を貰ったりしていたから、まあ、ちょっといけると思っていたかもしれない。けれど「色男」という、古めかしい二文字を使われると、そういう気持ちを汚ならしく指摘されたようだ。

そうかといって、女の子を無視したわけではない。オレはそんなに潔癖な人間じゃないもの。小学校を卒業する時、手紙をくれたり、「つき合って……」という女の子は四人いたが、みんなまあまあのレベルだった。あの頃、オレはちょっと近寄りがたい雰囲気があった。今みたいに、ブスでもカスでも、オレのところへワーワー寄ってくるよりも、ずっとよかったかもしれない。ちゃんと厳選されていたわけだ、自然と。

中学生になってから、オレはその中でもいちばん可愛いコとつき合った。つき合った、といっても中学生のことだからキスまでだ。だけどおっぱいぐらいは触るようになって、オレはもうちょっと先のことをしてもいいと思ってたんだけど、その頃、オレは転校することになった。

あの頃のことを話すと結構つらいかもしれない。

話は変わるようだけれど、ずっと前にダムのために村が沈むドキュメントを見た。見ているうちオレは泣いた。みっともないほど、涙はいくらでも出てきた。自分の住んでいたところが失くなってしまう。あのつらさは、経験したものじゃないとわからないと思う。自分の通っていた小学校も、毎日のように行っていた文房具屋兼駄菓子屋も、もちろん自分の家も消えてしまうんだ。友だちも散り散りになる。自分は本当に今まで生きていたんだろうか、オレって本当に存在していたんだろうか、っていう気分になってくるんだな。

そしてうちの親父は、漁師を辞め、かなりの補償金を手にして、東京の西の方へ引越した。いずれ自分で店を出すつもりで、スーパーに勤めたのだ。だけどうまくいくはずもない。ずっと漁師をやっていて、マイペースで気の荒い親父が、愛想よく客の相手が出来るはずがないじゃないか。

親父は勤め先を見つける、っていう名目で、うちでゴロゴロし始めた。もともと好きな酒を、朝から飲める名目が出来たわけだ。酒乱っていうほどじゃなかったけど、結構飲んで、結構からんだ。だからお袋がうちを出ていった気持ちもわかる。だけど許せないのは、その時お袋が男と一緒だったっていうことだ。

よくある話だけど、同窓会で再会した幼馴染みだという。全く、こんな安っぽいありふれたことが、自分のすぐ近くで起こるなんて考えもしなかったよ。

お袋は四十五歳だった。四十半ばの女が、男とセックスするっていうだけでも驚きなのにさ、駆け落ちするなんて本当に信じられない……。本当にゲッと思った。

だけど人が考えるほど、そんなに傷ついたわけじゃない。腹が立つことは立ったけど、得したこともいろいろあった。

その頃になると、オレは理髪店のおばちゃんが言ったとおり「色男」になったわけだ。その土地の中学校でも女の子に騒がれた。女の子の喜びそうな「不幸な影」というのを背負ってきたオレは、ものすごくモテるようになった。あんまりモテすぎて、当然のことながら男の子たちからのイジメにあった。そんなオレを必死で庇《かば》ってくれたのが担任の先生だった。若い綺麗な先生だった。年は二十六歳ぐらいだったんじゃないだろうか。

初体験はその先生と、ということになる。オレが中学二年生の時だ。はずみ、というわけじゃないな。あの先生は、最初からオレを狙っていたとしか思えない。いろいろ相談にのりたい、ということで、先生のアパートに呼ばれたんだ。

友だちの話を聞くと、最初は無我夢中で、何も憶えてない、っていうことだけれども、わりと落ち着いていたかもしれない。上から見た先生の鼻の穴が、丸っこくてへんな形をしている、なんていうことを憶えてるぐらいだから。

生意気にも終わったあと、相手の髪を撫で、やさしいことを言ったかもしれない。こんなことを言うとイヤらしく聞こえるかもしれないけど、かなりよかったんじゃないだろうか。夢中になったのはあっちの方だ。五、六回ぐらいセックスしたけど、

「こんなに年上なのがつらい」

とか、

「いずれあなたを、若い人に獲られるのね」

なんて言って泣くのには、本当にまいった。

一回でも寝ると、女はだんだん本気になってくる、っていうことを知った最初だった。

女っていうのはつくづくおっかない、と思った。なぜなら終わり頃になると、彼女はオレの姿を求めて廊下に立っているぐらいになったんだ。

「もうみんなに知られたっていい」

と言っていたけれど、本当に何を考えていたんだろうか。オレの方も本気で先生を愛して、

「僕が大人になるまで待っていてください」

って言うんじゃないかと考えていたんだろうか。

女っていうのは、自分に都合のいいことばかり考える生き物だってつくづく思う。本当にすごい。自分だけの物語をつくって、その中で幸せになったり、苦しんだりするのだ。

そしてオレはわかったんだ。その物語の中に男はいないって。本当にいない。男というのは、その物語をつくってやるきっかけに過ぎないんだ。

女は言う。

「あなたのことを本当に愛しているの」

「あなたなしで生きていくことなんか出来ない」

それは嘘じゃない。嘘じゃないけど、物語の世界が彼女にそう言わせているんだろう。

オレが十五歳でスカウトされ、学校を移ることになった時、心底ほっとした。あのままいけば、学校で先生とのことは問題になったんじゃないだろうか。

オレをスカウトしたのは、野崎和枝という四十二歳のおばさんだった。カズエ・オフィスといえば、この世界ではよく知られている。ハリウッドに進出した俳優をひとり、名女優といわれる女をふたりマネージメントしていて、とにかくいい仕事をする個人事務所ということになっているらしい。

和枝は、以前、金持ちのいいところの奥さんだったそうだ。離婚したのを機に、この世界に入ってきたというのが売り物で、

「私はシロウトでしょう、だからこの仕事を一生懸命するしかなかったの」

というのが口癖だ。

しかしやることが強引で、かなりのくせ者だということはすぐにわかった。売れっ子を手元に置いているため、かなりアコギなことをする。

オレはまだ子どもだったので、俳優で売るよりも、アイドルに仕立てた方がいいと判断したようだ。すぐに兄弟会社のプロダクションに預け、じっくりと見届けようとした。後にオレが売れっ子になった時、彼女はこのプロダクションにかなりのマージンを要求したらしい。週刊誌ネタになるくらいのいざこざが起こった。

それはもうともかくとして、彼女がオレを育ててくれたのは確かだ。芸名をつけてくれただけでなく、業界での挨拶の仕方、スープやスパゲティのちゃんとした食べ方、洋服のコーディネートというものも全部彼女が教えてくれた。デビューしてすぐの頃、

俺はファンの女の子に手をつけた。だって仕方ない。何十人という女の子が、オレの行くところ、行くところ群がっている。ブスも多いけれど、中には可愛いコも何人もいる。そういうコが、オレに声をかけてもらいたいがために、真夜中までテレビ局やコンサート会場のまわりをうろうろしているんだ。やりたい放題、っていうのはああいうことを言うんだろう。オレはいつもオレのことをじっと待っている女の子の中から、いちばん可愛くて、いちばんおとなしそうなコを誘った。

だけどあの時はまいった。彼女はグルーピー仲間に言いふらしただけではなく、オレとのことをマスコミに売ろうとしたのだ。それの始末をつけてくれたのはもちろん和枝だ。

彼女は言った。

「ちょっと人気が出たからって、すぐにがっついてもったいない。いい、これからシンちゃんは、いくらでも綺麗で素敵な女が手に入るのよ。それも日本中の男が惚れるような女がね。安い女に喰いつくなんて、みっともないことをしないで頂戴」

オレはその頃アイドルグループの真中で歌っていたが、他の連中はファンの女のコと、とっかえひっかえよろしくやっていた。

「あのコたちと一緒になるつもりなの」

和枝はふふんと鼻で笑った。こうすると結構美人なだけに、ものすごく意地悪な顔になる。

「今、ちょっと騒がれているけどあのコたちの寿命はあと一年ってところよ。アイドルの魔法は消えて、テレビの旅番組のレポーターに出るくらいね。いい、シンは、今便宜的に、あのコたちの中に放り込んだのよ。あんたとあのコたちとは、顔も魅力も何もかも違う。私は時期を見て、あんたをちゃんとした役者に育てるつもりなのよ」

どうしても我慢出来なかったら、ここに電話しなさいと、彼女から教えられたのは、六本木のデリバリーサービスだ。デリバリーサービスといっても、もちろんピザじゃない。とびきりいい女を、自分の部屋に出前してくれる。このサービス会社は秘密厳守をモットーにしていて、政治家や有名人がお得意さんだ。

「頭のいい男はね、こういうところをうまく利用しているの」

と和枝は得意そうに言い、オレが一日おきに呼ぶ女たちの料金を払ってくれた。たぶんすごい金額になったはずだが、ずうっと黙って払い続けてくれた。そのうち彼女が何も言わないことに、オレは腹が立ってきた。

「オレのことを、女好きの色情狂だと思っているんだろう」

「仕方ないわ。若いうちはみんなこんなもんでしょう。有名人の性欲ってのは、すごくコストが高くつくものなの。憶えておきなさい」

こういう言い方は、めちゃくちゃ頭にくる。オレは昔から、したり顔で何か言う女が嫌いだ。殺したいほど和枝が憎らしいと思い、殺す代わりに彼女を押し倒した。

「やめなさいよ。私はあなたの母親の年なのよ」

和枝は悲鳴をあげオレの頬をひっぱたいた。警察を呼ぶわよ、と叫んだ。

「関係ないよ。俺はお袋のこと、そんなに知らないからな」

オレはその時そう口走ったことを後悔している。後にオレをセラピストのところへ連れていった和枝は、このことを告白したからだ。後はお決まりの結果となった。つまりオレは子どもの頃に家を出ていった母親を恨む気持ちがあり、それが女性関係に反映しているというものだ。

だけど世の中、そんなに方程式のようにいくものじゃない。お袋を恨み、恋しく思う気持ちと、芸能界を生きる強迫観念とが、オレをいろいろな女に走らせているんだって？

冗談じゃない。

オレはそんなに単純な人間じゃないし、人の心はそんなにわかりやすいものじゃないと思いたい。

オレと和枝との仲は八年続いただろうか。まわりの人たちは気づいていたと思うが、あまり噂にならなかった。

「十代のアイドルと、四十代の女社長との情事」

というのは、スキャンダルにしては出来すぎているから、その場の笑い話に終わってしまったんじゃないかと思う。年齢がもう少しくっついていても、あまりにありふれた話として、これも広まらなかったと思う。

ま、オレたちの世界はこんなものだ。クスリをやっているとか、超人気者がホモだ、という以外は、それほど人々は噂話をしない。

和枝との仲は、正直言ってちょっと盛り上がった時もあったが、終わりの頃は自然消滅となった。そりゃそうだ、いくらオレが女好きでセックスに強いといっても、五十近いおばさんを抱けるわけがない。そんな頃、オレもちょっと考えることがあって事務所を移った。ふつうこういう時、男と女とのこともからんで、ドロドロしたものになるはずだが、綺麗に移籍することが出来た。それに関して、和枝というのはなかなかえらい女だったと思うよ。

「あんたに本当に愛する人が出来たら、そうしたら、私にどんなひどいことをしたかわかるようになるわよ」

と、謎みたいなことを言った。そして、それを玲奈に話したら彼女は言った。

「野崎さんって、本当にシンのことを好きになったのよ。だからものすごく苦しかったんじゃないの」

世間じゃ彼女のことを、売れていることをいいことに、とんでもない我儘をしている女だと思っているようだがそれは違う。あんなに気の小さい、やたら人に気を遣う女は見たことがない。

久しぶりに会った時は笑ってしまった。あんなバレバレの整形をしていたら、誰だってわかってしまうじゃないか。この女、いったい何を考えているんだろうと思った。

それでつい、

「前の顔も可愛かった」

と言ったわけだ。怒るかと思ったら、彼女は笑い出した。後で言うには、誰かがそう言ってくれるのをずっと待っていたそうだ。

すぐにデイトして、その日のうちに寝て、一緒に暮らすようになった。カリスマとか、歌姫なんて言われてるけど、あいつは典型的な田舎娘だ。東京生まれのオレから言わせると、見事な地方の人だよな。好きな男には尽くさなきゃいけないと根っから思ってる。

あの代々木体育館を満員にして、何かにとりつかれたように歌う玲奈が、オレのために干物を焼いてくれたり、味噌汁をつくってくれたりするわけだ。本当に涙が出るような光景だ。

事務所の方はぶうぶう言っていた。オレと彼女とでは格が違いすぎるということらしい。全くあそこのスタッフときたら、本人以上にえばっていた。

玲奈に聞いたことがある。海外に仕事に行く時、同行するスタッフも平気でファーストクラスに乗る。そればかりではない。車を飛行機の下に直接つけて、通常のセキュリティを通さないようにしろと、超VIP並みのことを要求するのだそうだ。

「それも全部、私が言っていることになるの。世の中には、何十人っていう水木玲奈がいて、理不尽なことを要求するのよ」

そのことについても、彼女はとても傷ついていた。これは玲奈から打ち明けられたことであるが、昔、彼女はちょっとだけクスリをやったことがある。それをうまくもみ消してくれたのが今の事務所のスタッフで、彼女はそのことをとても負いめに感じている。もう何百倍にして恩返ししているだろうに、彼女はいつも彼らに怯えている。玲奈はそういうコだ。

あの街に行く気はまるでしなかった。

だってそうだろう。自分が生まれ育った小さな町が埋め立てられ、ブルドーザーでさんざん変えられ、後でにょきにょき高層ビルが建ったのだ。

ふつう自分の故郷《ふるさと》というのは、ほんのちょっとでも片鱗があるものだ。この道は小学校へ通う道だったとか、この角は昔郵便局があったとか、何かしら思い出につながるものがあるはずだ。けれどもこの街には何もなかった。こんなに綺麗さっぱり失くなる、なんていうのは、ダムに沈んだ村ぐらいだろう。

しかしこの仕事をやっていれば、あの街に行かないわけにはいかない。大きなテレビ局があるからだ。ここが引越ししてすぐの頃、ドラマの収録があった。マネージャーの車で表通りから行ったから、何の感慨もない。見えるのは、ビル、ビルの壁だけだ。

全くどうして途方もなく、あんなにたくさんのビルを建てたんだろう。東京湾から吹いてくる風があのビル群で遮られ、東京の温度を二度上げているのはわかるような気がするなあ。

そして仕事が終わった後、オレはマネージャーと別れ、ひとりこの街の中心部に進んだ。そして石川絵里子のケイタイにかけた。大手の広告代理店に勤める絵里子は、ふつうのOLと違い、勤務中にケイタイを切ったりしていない。オレは言った。

「ドラマの収録が思ったより早く終わったんだ。君の勤めている街に来ている。一緒に食事をしないか」

絵里子は大喜びだった。高層ビルの上に、わりといけるイタリアンがあるので、そこで会いましょうと言った。

玲奈と暮らしながら、どうして彼女とつき合ったか、ということに説明はいらないと思う。大企業に勤める、品のいい綺麗なOLというのは、初めての体験だった。彼女は玲奈とまるで違う。派手なネイルアートの代わりに、丁寧に塗られたベージュのマニキュア、ブロウした髪、ストッキング、白い下着……。こういうものがどれほど新鮮だったか、わかってもらえるだろうか。

絵里子はとても疑り深かった。

「あなたみたいなスターが、どうして私みたいなふつうのOLを相手にするの」

オレは言った。

「オレみたいな仕事をしている者が、君のような女性にどれだけ憧れているか、わかってもらえないと思うよ。オレたちはなかなかふつうの女の人とはつき合えないんだ」

これは嘘じゃない。嘘じゃないんだけど、真実でもない。何て言おうか、そうなりたかったもうひとりの自分が、綺麗なOLさんに出会って恋をしようと意気込んでいるようだった。

食事の後、オレは彼女をこの街にあるホテルに誘った。これまたオープンしたばかりの高層ビルの中にあるホテルだ。

「イヤだー、会社の人に見つかったら大変だもの」

彼女は嫌がるそぶりを見せたが、強引にスイートルームをとった。

二十二階だったか、二十五階だったか憶えていないけれども、あんな窓の景色を見るのは初めてだったな。レインボーブリッジもお台場も、海も、みんな下に見えるんだ。そしてそこで女とセックスするのももちろん初めてだった。オレは絵里子を裸で窓際に立たせた。彼女はものすごく嫌がったんだけれども、オレは外から見えるはずはないと言い張ったんだ。

そしてオレは発見した。海は変わらないってことを。どんなに橋が出来ようと、観覧車が見えようと、そこはオレが子どもの頃から見慣れた風景なんだ。

そしてオレは絵里子を大きな窓に手を突かせて、後ろから犯していった。無理やりにだ。あんなに興奮したことはない。

激しくピストン運動を続けていくうちに、オレは少しずつ故郷を取り戻していった。生温かいものにつつまれて、オレはどんなに安堵していったことだろう。

オレはこの後、この街に来て、何人もの女をひっかけた。みんなこの高層ビルに勤める、エリートのＯＬたちだ。オレは彼女たちを憎んでいたわけでもないし、復讐をしようとしたわけでもない。ただ彼女たちとセックスするととても気持ちよかった。それだけだ。

それはあちらも同じだったろう。言いわけするわけじゃないが、オレと寝る時、彼女たちは本当に幸せそうだった。オレの演じるドラマの相手役になったような顔をしていた。こんな綺麗でお利口な女たちがだ。

そしてオレは彼女たちが大好きになっていったんだ。オレの町は失くなり、オレの同級生だった女たちもみんなどこかへ行ってしまった。オレの記憶はすっぽり抜けている。しかし彼女たちの体を通して、オレはこの新しい街を少しずつ噛みしめることが出来る……。

なんていうのもへ理屈かもしれない。オレは単純にこの街の女が好きなのだ。

しかしこの冒険ももうじき終わりを告げる。

「私はシンの故郷にはなれないの。ただの通りすがりの女になるの」

と泣きじゃくった玲奈のところに帰るだろう。

彼女は本当にいいコだ。世間が思っているよりずっといい女だ。

それがわかっただけでも、オレは少しましな人間になれたと思う。

◎初出――『BOAO』二〇〇四年一〇月号～二〇〇五年一〇月号

林真理子（はやし・まりこ）
一九五四年山梨県生まれ。コピーライターを経て、作家として執筆活動を始め、八二年『ルンルンを買っておうちに帰ろう』がベストセラーになる。以降、八六年「最終便に間に合えば」「京都まで」で直木賞、九五年『白蓮れんれん』で柴田錬三郎賞、九八年『みんなの秘密』で吉川英治文学賞をそれぞれ受賞。著書に『Ａｎｅｇｏ』『野ばら』『知りたがりやの猫』『アッコちゃんの時代』、エッセイ集に「美女入門」シリーズ『トーキョー偏差値』『美女に幸あり』などがある。

ウーマンズ・アイランド
二〇〇六年一月一九日　第一刷発行

著者――林 真理子
発行者――石﨑 孟
発行所――株式会社マガジンハウス
東京都中央区銀座三-一三-一〇 〒一〇四-八〇〇三
電話　書籍営業部〇三(三五四五)七一七五
書籍編集部〇三(三五四五)七〇三〇
印刷所――株式会社光邦
製本所――牧製本印刷株式会社
写真――今津聡子
装幀――鈴木成一デザイン室

ISBN4-8387-1641-9 C0093
乱丁・落丁本は小社書籍営業部宛にお送りください。
送料小社負担にてお取り替えいたします。
定価はカバーと帯に表示してあります。

林真理子の大好評既刊本

トーキョー偏差値

恋も美貌も思いのまま!?
すべてを手に入れた美人女流作家の
新たな試練とめくるめく東京セレブの日々。
美女入門シリーズ大好評エッセイPART4
四六判変型並製・272ページ・1000円

美女に幸あり

努力のすえに手に入れた美女生活にゴールなし!?
リバウンドの恐怖が押し寄せる
マリコ流美人生活最前線。「美女入門語録」付き。
美女入門シリーズ大好評エッセイPART5
四六判変型並製・264ページ・1000円

(定価はすべて税別です)